辻番奮闘記四

渦　中

上田秀人

集英社文庫

目次

第一章　予兆の足音　7
第二章　過去の発掘　50
第三章　上役の無理　102
第四章　それぞれのあがき　152
第五章　静かなる争い　202
解説　三田主水　256

辻番奮闘記四　渦中

《主な登場人物》

斎《いつき》　弦ノ丞《げんのじょう》　平戸藩士。江戸詰め馬廻り上席辻番頭だったが帰国。長崎辻番頭となる。
妻・津根《つね》は家老滝川大膳の姪。

田中正太郎　平戸藩士。江戸詰め辻番頭だったが、郷足軽頭として帰国。

志賀一蔵　平戸藩士。江戸詰め辻番だったが、帰国し御物頭並となる。

松浦肥前守重信　平戸藩主。

熊沢作右衛門　平戸藩国家老。弦ノ丞の藩への忠義を評価している。

滝川大膳　平戸藩江戸家老。弦ノ丞に辻番を命じた。

松平伊豆守信綱　老中。三代将軍家光の寵臣。島原の乱を鎮圧。

堀田加賀守正盛　老中。三代将軍家光の寵臣。

馬場三郎左衛門利重　長崎奉行。

佐賀野弥兵衛門　長崎奉行所与力。

高力摂津守忠房　島原の乱後、島原藩藩主となる。

三枝勘右衛門　高力家勘定奉行。

大久保屋藤左衛門　長崎でオランダ交易を行う糸割符商人。

末次平蔵　長崎代官。大商人。

第一章　予兆の足音

一

辻灯籠《つじどうろう》の灯《あか》りは、その周囲を照らすとともに、以外の闇を濃くする。

日暮れから翌朝まで途切れることなく灯《とも》し続けなければならないが、夜中に油を給するのは面倒でもあり、途切れるのも珍しくはなかった。

「灯籠の油が切れたようでござる」

ふっと暗くなった辻灯籠に辻番の一人が気づいた。

「そろそろ八つ半（午前三時ごろ）か」

しばらく辻番をしていると、辻灯籠の油が切れたら何刻《なんどき》くらいだとわかるようになる。

「注《つ》がずとも……」

気づいた辻番が問うた。

「不要じゃ。どうせ、この刻限ではもう夜遊びの者も通るまい」

武家は門限があった。日暮れまでに戻らなければ、咎《とが》めを受けることもあるが、届け出をしておけば夜遊びもできる。もちろん、過ぎれば許されはしない。

「それにな、勘定方から言われておるだろう。あまり油を使うなと」

嫌そうな顔で歳嵩《としかさ》の辻番が応じた。

天下泰平になったことで戦《いくさ》はなくなった。戦うことで領地を増やし、収入を得てきた武士が、その場を失った。

幕府によって禄《ろく》は固定され、そう簡単に増えなくなった。それとは逆に、戦で死ぬ者がいなくなったことで人口が増え、ものの消費が多くなった。当然、多く使えば、ものはなくなっていく。手に入れるよりも使うほうが増えれば、もの不足が起こり、値段があがる。

収入は変わらず、出ていく金は増加の一途をたどる。そうなれば、誰もが最初に思いつくのは倹約である。

「……よろしいのでございまするか」

辻番が声を潜めた。

「外を見てみろ」

歳嵩の辻番が面倒くさそうに手を振った。

「……外を」

言われた辻番が顔を出した。

「どこの灯籠も消えているだろう」

「……いくつかは点《つ》いておりますが、近隣のものは暗くなっておりまする」

問われた辻番が答えた。

「点いているのは、十万石をこえるご大身さまの辻番だ。他は当家とかわらぬ身代じゃ」

「…………」

「わかっただろう。もう、まともに辻番をしている大名なんぞ、そうそうないということが」

黙った辻番に歳嵩の辻番が述べた。

「気にしなくていい。どうせ、朝までなにもないわ」

歳嵩の辻番があくびをした。

「は、はあ」

「気を張り続けることは難しいぞ。抜くことも覚えねばな。とくに辻番は手当が出るものでもなし」

やる気のない歳嵩の辻番が述べた。

もともと辻番は、辻斬り、斬り取り強盗らが横行する事態に、幕府がその治安維持の一助として大名、旗本に命じたものである。

当初は辻番と辻斬りとの戦いなどもあったが、大番組の城下巡回増強などもあり最近ではまったくといっていいほどなくなっていた。

「少し寝る」

寝ずの番が辻番の役目でありながら、歳嵩の辻番は番所に座り、居眠りを始めた。

「伊藤氏……」

もう一人の辻番があきれた。さすがに太刀《たち》を手元から放していないが、それでもあまりの態度であった。

「……ふう」

あきらめてもう一人の辻番が、外へ注意を向けた。

「誰《たれ》か」

すぐ近くに人の気配があった。

「……辻斬りじゃわ」

「なんだとっ」

返答に驚いて太刀へ手を伸ばしたが、すでに相手は手に抜き身を携えていた。

「ぐえっ」

胸を貫かれた辻番がうめき声を漏らした。

「……なんじゃ。うるさいの」

ようやく伊藤と呼ばれた歳嵩の辻番が顔をあげた。

「ほれっ」

すでに断末魔のけいれんを起こしている辻番を、辻斬りが伊藤目がけて蹴飛ばした。

「おわっ、田中」

飛んできた同僚を受け止めた伊藤が驚いた。

「二人目じゃ」

「……ぐわっ」

辻斬りが真っ向から落とした太刀を喰《く》らった伊藤が絶息した。

「これで辻番が務まるとは、落ちたものよなあ。武士でございと威張るか。笑わせてくれる」

辻斬りが嘲笑しながら、番小屋を出ていった。

翌朝、辻番詰め所に顔を出した当番が二人の死体を発見、屋敷内は騒然となった。

「御上《おかみ》へお届けをせねば」

「待て」

あわてる用人を江戸家老が制した。

「当家の恥をさらすことになるぞ」

辻番は幕府の規定により十六歳以上六十歳以下であることと決められている。言うまでもなく、これは武芸が遣え十分に辻斬り、強盗とやり合えるという意味でもあった。その辻番が二人、誰にも知られることなく一刀のもとに斬り捨てられたとなれば、その大名あるいは旗本の武名は地に落ちる。

「領地を治めるだけの器量がない」

治安の維持もできまいと難癖を付けられることもある。

さすがに改易はないだろうが、石高半減あるいは表高に比して実高が少ない領地への転封を食らいかねない。

「……では」

用人もそれくらいはわかる。後始末をどうするべきか、江戸家老の顔色を窺《うかが》った。

「一々言わせるな。なにもなかった」

江戸家老がおしはかれと逃げた。

「二人の家の者どもには」

遺された家族たちはどうすると用人が問うた。

「国元へ返せ」

「家督はいかがいたしましょう」

江戸家老の指示に用人が確認した。

武士にとって家督ほど大事なものはなかった。当主が不意の事故に遭おうとも、家督さえ許されれば、そのまま家禄を引き継ぐことができ、遺族は食べていける。

「国元で継がせてやると言え」

「言え……」

その意味を悟った用人が震えた。

「辻番は身分低き者ながら、武に優れているという名誉ある役目ぞ。その辻番が二人もいながら、抵抗の声も出せず斬り殺されるなど論外であろう。番所まで見にいったが、太刀を抜いた形跡さえなかったわ」

江戸家老が吐き捨てた。

戦はなくなったが、武士は力の象徴であった。すでに剣術より算術が尊ばれるようになってはいるが、それでも武士という看板は背負い続けていかなければならない。

今回のような辻斬りなどに遭ったとき、敵が腕で上回り負けるということはままあり、それ自体は大きく咎められはしないが、背中傷と、太刀を抜いていないのは許されなかった。

背中傷は言うまでもない。逃げようとして敵に背を向けた証明である。敵《かな》わずとも一矢報いるのが武士であった。

太刀を抜いていない、正確には鯉口《こいぐち》さえ切っていない状態での死も、背中傷ほどではないが、不覚悟として扱われた。

なにより、この両方が問題になるのは、所属している藩の名前に傷が付くからであった。

「某藩の家臣が野盗から逃げようとして、背中を斬られた」

「太刀さえ抜けずに何家の藩士が路上に骸《むくろ》を晒《さら》していた」

こういう噂《うわさ》はすぐに江戸城へ拡《ひろ》がる。

「何々守《のかみ》どのよ、ご家中の臣が辻斬りに遭われたようじゃの。お見舞いを申しましょう。しかし、武で知られた貴家の者ともなれば、さぞや奮闘なされたのでございましょうなあ」

わざとらしい嫌味や、

「ご先祖さまが泉下で嘆いておられましょうなあ。吾《わ》が子孫はこれほど情けなくなったのかと」

面と向かって嘲る者も出てくる。

「……………」

だが、言われた藩主は反論できないのだ。

事実であり、下手《へた》に気を高ぶらせて言い返すほうが、周囲をより面白がらせてしまう。

どれだけ針の筵《むしろ》であろうとも、皆があきるまでじっと耐えるしかない。

江戸城では将軍の家臣として小さくなっている藩主も、屋敷に帰れば殿様である。

「余に恥を掻《か》かせおって」

主君としての怒りを当事者へ向けるのは当然の行動であった。

「その者は十日前に不調法があり、放逐いたしております」

藩主が怒る前に、遡って牢人《ろうにん》させたり、

「刀を抜いていたことにしていただきたく」

それができない場合は、死体を見つけた者や死体を預かっている町方に金を包んで、体裁を整える。ときには、太刀に犬の血をなすりつけたりして、相手に傷を負わせるまで戦ったと偽造することもある。

いや、見つけた者がそうするのが、武士としての情け、心得とまで言われている。なにせ、明日は我が身なのだ。

「外へ知れたら、当家の恥ぞ。殿がご城中でなにを言われると思う」

「それは……」

主君に恥を掻かせるわけには絶対にいかなかった。

「わかったな」

そう言い果たして、江戸家老が席を立った。

「……いたしかたなし」

用人も呑《の》みこむしかなかった。

この遣《や》り取《と》りと同じことが、いくつかの藩でおこなわれていた。そして、どこも表沙汰にしなかったことで、被害は静かに拡がっていった。

二

長崎奉行馬場《ばば》三郎左衛門利重《さぶろうざえもんとししげ》から、長崎辻番を押しつけられた斎《いつき》弦ノ丞《げんのじょう》は、とりあえずの面目を果たした。

長崎代官末次平蔵《すえつぐへいぞう》と顔合わせの会食帰り、島原《しまばら》の乱を起こした責任を取らされて改易となった松倉《まつくら》家の牢人を名乗る者たちから襲撃を受けたのを、配下とともに返り討ちにしたのである。

その場へ出向いてきた馬場三郎左衛門から賞賛を受けたが、別段褒賞が出るわけでもなく、より励めと言われただけでことは終わったが、その牢人たちが町奉行所によって、長崎の陸の出入り口でもある馬町《うままち》に晒されたことで、町民たちから怖《おそ》れられてしまった。

「よろしくござらぬの」

かつて江戸においては、弦ノ丞の先達として指導していた志賀一蔵《しがいちぞう》がため息を吐《つ》いた。

「…………」

無言で弦ノ丞が同意を示した。

もともと弦ノ丞たちは、幕府による長崎警固増強の一環で、平戸《ひらど》藩《はん》松浦《まつら》家が加番として藩士を出向させる下調べのために派遣された。

どこに屋敷を構えたらいいのか、実務はどうすればいいのかなどについて、すでに長崎警固を任じられている福岡黒田藩、肥前《ひぜん》佐賀鍋島藩《なべしまはん》らから助言をもらい、六万石に過ぎない平戸藩が何をすればいいかを確認し、藩庁へ帰還する。

その弦ノ丞たちの報告を受けて、平戸藩はどうするのかを決める。いわば、戦場における物見役であった。

当然、人数も少ないし、宿舎も寺町にある浄土宗の三宝寺《さんぽうじ》を仮住まいとしている。

たった六人、番所は三宝寺だけ。これで辻番ができるはずもなかった。

「町人どもが怖れをなして……」

志賀一蔵の憂慮は深い。

晒した首の隣に立てられた高札には、長崎辻番という役目を果たしている平戸藩の名前がしっかり刻まれている。

「長崎辻番とはなんぞ」

「御上やのうて、平戸藩が……」

人というのはわからないものを避けようとするきらいがある。

「首を五つも……」

しかも長崎の町人に辻番がお披露目されたのが、首横の高札だとなれば、誰もが眉をひそめる。

なにせ島原、天草《あまくさ》で数万の人が死んだことはまだ記憶に新しい。長崎にはさほどの被害は及ばなかったとはいえ、キリシタンとして一揆《いっき》に加わり、帰ってきていない者も多い。とくに、長崎で荷下ろしの日雇い仕事で食いつないでいた牢人たちの姿はめっきり見なくなった。やはり一揆に加わったのだ。

人死《ひとじ》には近い。まだ戦国の余波は残っている。

とはいえ、普通の町民にとって、晒し首はそうそう見るものではなかった。

してはいけないことをした、幕府の定めた法に従わなかったからこうなったのだ。こうなりたくなければ、馬鹿をするなという一罰百戒の意味での刑罰である。酷《むご》いのは確かであるが、それでも御上が打ち首にしたというならば、まだ理解もできる。

しかし、これらの牢人は平戸藩という外様大名によって成敗された。つまり、御上という御旗《みはた》がない。

「なんぞされるんやないやろうな」

「金をせびられたら……」

町人にとって平戸藩は、今までほとんどかかわりがなかっただけに、不安はある。

「長崎警固番である。道を空けよ」

「その船、止まれ。検分いたす」

黒田藩、鍋島藩ともに幕府から抜け荷やキリシタンの潜入などを警戒するように命じられている。

平戸藩と同じで、どちらも外様大名だけに、役目に手心は加えられない。もし、それで検査をすり抜けるような事態でも起これば、藩が咎めを受ける。

どうしても高圧的になる。

「侍は荒々しいて」

「いつ暴れるかと思うと」

真剣に役目を果たしていることが、かえって町人たちを怖がらせている。

そこに新たな暴力が加わった。

「かかわらんようにしましょうか」

「触らぬ神に祟《たた》りなしですな」

町人たちが弦ノ丞たち長崎辻番から、間合いを開けたのも無理はなかった。

「江戸の辻番のほうが楽でございったな」

やはり江戸で弦ノ丞の上役であった田中正太郎《たなかまさたろう》が嘆息した。

「一カ所で目の前の辻だけを見張っていればすみましたからの」

志賀一蔵が笑った。

「………」

弦ノ丞が頰をゆがめた。

「これはすまぬことを」

「いや、失礼をいたした。お許しあれ」

田中正太郎と志賀一蔵が頭を下げた。

江戸で辻番をしていた弦ノ丞は、平の藩士であった。その弦ノ丞が出世したのは、辻番として二度も大きな手柄を立てたからであった。

志賀一蔵と田中正太郎は、一度目の騒動には参加していたこともあり、それぞれ加増のうえ出世したかわりに国元へ戻された。

一人江戸に残った弦ノ丞は、その働きに目を付けた江戸家老滝川大膳《たきがわだいぜん》の姪《めい》を妻にもらい、辻番から離れ馬廻《うままわ》りに任じられていた。

そこに二度目の騒動が起こった。

島原、天草の乱で取り潰された松倉家と平戸藩松浦家の屋敷が隣同士という因果が、弦ノ丞を巻きこんだ。

「恨みを喰らえ、家光《いえみつ》」

「殿の無念を忘れられぬ」

松倉家は島原の乱を起こしただけでなく、抑えきれず被害を拡大させたことで、将軍家光の怒りを買い、改易された。これは当たり前とまでは言わないが、珍しいことではなかった。だが、よほど腹立たしかったのか、家光は松倉の当主勝家《かついえ》を斬首させた。切腹は武士にしか許されていない責任の取り方である。その切腹を松倉勝家はさせてもらえなかった。それどころか、野盗、下手人《げしゅにん》といった卑しき罪を犯した者と同じように、首を斬られた。

要は、幕府は松倉勝家を武士として扱わないと宣言したのだ。

そしてこれは、二度と松倉家が再興されることはないと天下に公表したことになる。

幕府は初代徳川家康、二代秀忠《ひでただ》、三代家光と大名を潰してきた。とくに外様大名には容赦がなかった。熊本の加藤、安芸《あき》の福島、山形の最上《もがみ》と戦国乱世を生き抜いてきた大名が、難癖にも近い理由で潰された。

ただ幕府も無情ではなかった。いや、余分な反発を嫌った。

「名門の祭祀《さいし》が途絶えることを惜しみ……」

こういう理由で、潰した大名のいくつかを旗本、あるいは小大名として復活させた。

「なんとか、お家再興を」

これを見た牢人たちは、その望みにすがる。希望は恨みを薄くする。恨みを持つことは希望をなくすことにも繋《つな》がる。

結果、家を取り潰された牢人たちのほとんどは、幕府への反抗心を押さえこむ。それが松倉家にはなかった。幕府によって、家光によって、奪われたのだ。

「おのれえ」

松倉家の牢人たちは、ほとんどが幕府へ恨みを抱《いだ》いた。

その恨みにつけこんだのが、やはり島原、天草の乱で幕府から咎められた肥前唐津藩主の寺沢《てらさわ》家であった。

寺沢家は、松倉家よりも罪が軽いとして改易にはならず、藩主堅高《かたたか》は謹慎、天草領を召しあげられただけですんだ。

このままおとなしくしていれば、いずれは謹慎も解け、江戸城へあがることもできただろう。それを寺沢堅高は我慢できなかった。

「天草領を取りあげられたうえ、拝謁も叶《かな》わぬ」

落ちこんだ寺沢堅高は、松倉家の牢人が幕府への恨みを募らせていることを知ると、これを利用しようとした。

「江戸城内に籠もられていては手が届かぬ。だが、御成《おなり》行列を襲えば将軍でもどうにかできるだろう」

寺沢堅高は松倉家の牢人にそう囁《ささや》いた。

三代将軍家光は人の好き嫌いが激しく、嫌いとなれば顔さえ見ないように遠ざけるが、気に入れば、その屋敷に出向いて食事をし、場合によっては泊まったりもした。

とくに老中堀田《ほった》加賀守正盛《かがのかみまさもり》を気に入り、二十回をこえるほど御成を繰り返した。同じく老中松平伊豆守信綱《まつだいらいずのかみのぶつな》や、阿部《あべ》豊後守忠秋《ぶんごのかみただあき》が二度から三度というのに比して、異常ともいえる御成であった。

御成は、寵愛《ちょうあい》の度合いであるとともに信頼の証《あかし》でもある。

いつ刺客に狙われても不思議ではない将軍が、江戸城という守りから出て、毒を飼われているおそれのある食事を摂《と》り、宇都宮の釣り天井とまではいわないが仕掛けの施されているかも知れない部屋で眠る。

幕府に仕える者にとって、御成ほど名誉なことはない。

その御成で大きく差を開けられた松平伊豆守、阿部豊後守が黙っているはずもなく、あらゆる手段を講じて家光の来訪を願っていることは、世間の周知するところであった。

「御成の行列ならば、警固も薄い」

そのかされた松倉家の牢人が乗った。

「うまくいったの」

寺沢堅高はほくそ笑んだ。

松倉家の襲撃を前もって報《しら》せなかった寺沢堅高は、これを手柄にして家光の許しを得ようとしていた。

襲撃する松倉家の牢人から家光を救えば、寺沢家は褒賞を受ける。

登城停止の謹慎が解けるのはもちろん、取りあげられた天草領の返還、それ以上の褒美が与えられる。

その寺沢家の悲願を、弦ノ丞は破った。

江戸での潜伏先としてかつての屋敷を利用していた松倉の牢人たちに弦ノ丞が気づいた。そこから陰謀は露見し、御成行列は守られた。

このとき、弦ノ丞は配下の辻番の危機よりも、藩の存亡を優先した。当然の行動であったが、見捨てられた形になった辻番たちが反発、江戸屋敷に居づらくなった。

それを気にした滝川大膳は、弦ノ丞を国元へ戻し、ほとぼりが冷めるのを待つという手に出た。

家を救った大功ある弦ノ丞の扱いに国元も困り、長崎へと出向させた。

「六人で長崎代官の支配地である外町以外の内町すべてを見回るなど端《はな》から無理だ。せめて町民の手助けがあれば形はなるが」

弦ノ丞も思案した。

長崎は租税を免じられている内町、その内町を取り囲むようにある外町の二つに大きく分けられている。

長崎奉行所は基本として内町を支配する。その長崎奉行馬場三郎左衛門から長崎辻番を託された弦ノ丞たちの役目も内町になる。

もともと長崎は山間《やまあい》の谷間のような狭い土地である。それが内町と外町とに分けられるとはいえ、六人でどうこうできる広さではなかった。

「国元に増員を願うしかないが……」

「それはできますまい」

弦ノ丞の提案を、志賀一蔵が止めた。

三

「これ以上増えたならば、ここでは入りきりませぬ」

三宝寺は寺町にある他の寺院とほぼ同じ広さである。寺町は、長崎というキリシタンの本場を仏教で染め直そうという幕府の考えで作られた場所であった。

幕府は人々の人別を菩提寺《ぼだいじ》に預けるという政策を取った。すべての人に菩提寺を持つことを義務づけ、そこに婚姻、出産、転居、死亡などを管理させた。他にも旅をするときの身分証明となる手形も、菩提寺の認可がなければできないようにした。

こうなれば、キリシタンだけでなく、神道などの信徒もどこかの寺と繋がらなければ生活できなくなる。

三代将軍家光が国を閉じると言い出すまで、長崎は禁令となっていたキリシタンが黙認されていた。

さすがに表だってミサなどを開けば、町奉行所や宗門改の大目付《おおめつけ》などが出張ってくるが、家のなかでキリストの像を拝むくらいは見て見ぬ振りをしてきた。

だが、それも鎖国で変わった。

キリシタンへの取り締まりは厳しくなり、信徒たちも次々転宗していった。いいやさせられた。

そこで問題になるのが、転宗したキリシタンをどうするかであった。

キリシタンでなくなれば、それでいいとはいかないのだ。

信心というのは、そう簡単に消せるものではなかった。

「改宗いたしました」

「もう異国の教えには従いませぬ」

口ではどういえても、心のなかまではわからない。

人というのは弱いものである。とくに百姓や町人は、今の世に不満を抱いている。それは、武士によって力ずくで押さえつけられ、多くのものを取りあげられているということに原因があった。

「死後は極楽往生」

この不満を利用したのが、戦国で巨大な力を誇った一向宗であった。一向宗を信じて念仏を唱えれば、死後は極楽にいけると布教した。

「進むは極楽、退《ひ》くは地獄」

むしろ旗をあげて一向宗徒は領主に反抗した。とくに有名なのが、織田信長《おだのぶなが》との戦いである。天下を取ろうとした織田信長に反発した石山本願寺の指示で、伊勢長島、越前《えちぜん》、加賀などの一向衆が一揆を起こした。

結果は非情な織田信長の怒りによって、伊勢長島、越前の一向宗は全滅、石山本願寺も本山を明け渡して落ち延びるという結末を迎えた。

しかし、この一揆騒動で織田信長の天下取りは五年遅れたと言われ、結局叶うことなく本能寺で散った。

その様子を間近で見ていた徳川家も三河《みかわ》一向一揆で家臣たちに叛《そむ》かれ、危うく家康が命を落としかけたという経験を持っている。

このときと同じであると、徳川幕府はキリシタンを警戒した。

「おらしょを唱える代わりに念仏を」

キリシタンの祈りを幕府は消し去ろうとした。言い方を変えれば、キリシタンの心の拠《よりどころ》を仏に入れ替えた。

そのために幕府は、直轄地とした長崎に、多くの寺を招致した。

それが土地の少ない長崎に多すぎる寺という状況を作り出し、必然として寺域の狭さとなっていた。

「どこかに屋敷を借りるか」

「場所がない」

それにも志賀一蔵が首を横に振った。

長崎は江戸と並んで、今もっとも発展していた。

江戸は天下の城下町として膨張をし続けていた。周辺の海を埋め立てたり、湿地から水を抜いたりして、土地を増やし、多くの人を受け入れている。

長崎は山間であり、海も良港として使うために埋め立てることができない。それにもかかわらず、人が流れこんでくるのは止まらなかった。

これはいままで平戸でおこなわれていた南蛮交易が幕府によって禁じられ、長崎でのみ許されることになったからであった。

「これでは店がやっていけぬ」

「平戸での商いは終わった」

唐物を扱う豪商で溢《あふ》れていた平戸は火が消えたようになり、それらの商人が移住したことで、長崎は繁華になった。

「店を建てる土地を売ってくれ」

「金はいくらでも出す」

唯一の交易港となった長崎へ、平戸だけでなく、博多《はかた》、堺《さかい》などからも商人が集まってきている。となれば、店を建てる場所を巡って争いが起こる。

もちろん、商人の戦いである。町奉行所の介入を招くような、暴力沙汰はまずない。なかには力でと考える馬鹿もいるが、そういう類いは商人として三流以下であり、まともに相手にされない。

商人の武器は金と信用。

「よそよりも高く買う」

「譲っていただいた後も、あなたさまは、あだやおろそかにはいたしませぬ」

こうして長崎の土地、建物の値は高騰している。

イギリスとの交易を握っていた平戸藩は裕福である。長崎に屋敷を買うくらいは問題ないが、そうでなくとも松平伊豆守に目を付けられているのだ。

「ほう、まだ余裕があると見える」

松平伊豆守がほくそ笑むのはまちがいない。

「松浦家にお手伝い普請を命じる」

外様大名にとって、なによりの災難であるお手伝い普請が松浦家へ課せられることになりかねない。

明文化されているわけではないが、長崎付近の大名は異国へ備えるために、お手伝い普請を命じられないことになっている。

しかし、その拒否権を松浦家は使えなかった。

松浦家は、島原の乱を鎮圧する総大将として来た松平伊豆守によって、武器庫に溢れる新式鉄炮《てつぽう》、火薬、大筒を見られている。身分不相応と思われるほどの武装は、幕府への謀反と取られても文句は言えない。

そして、それらの武装を揃《そろ》えるための金の出所を探られるのはまずかった。

松浦藩は抜け荷をやっていた。

その領土に玄界灘《げんかいなだ》に浮かぶ島々を持つ松浦家には、外から見えない隠し湊《みなと》がいくつもあった。その隠し湊へイギリス、明国《みんこく》などの船が訪れ、そこで密貿易をおこなっていた。

鎖国が幕府から命じられるまでは、問題のない行為であった。各地の大名も海外との交易をしていたし、仙台の伊達《だて》に至ってはローマ法王へ向けて親書を出してもいる。

そこまで大名たちが、海外とのつきあいを欲しがったのは、交易の利が大きいからであった。

言うまでもなく一つは、売り買いである。我が国独自の物は海外で高く売れる。その例がなまこやサメのひれを干した物、俗に言う俵物である。同じ重さの銀と取引されるというのは大げさであるが、かなりの高額で買い取られる。

また、海外から入ってきた物も飛ぶように売れた。我が国ではできない白磁の器、丁寧な織りの緞通《だんつう》など、数十両から数百両で売れた。

そして、もう一つが南蛮で開発された新兵器であった。

乱世を終わらせたのが、その新兵器の一つ鉄炮であった。鉄炮を戦場の主役にした織田信長が、天下最強と怖れられた武田の軍勢を一蹴した。他にも堅固な城門でも一撃で粉砕する大筒など、刀槍《やり》弓矢で戦っていた常識をひっくり返す武器や兵器が南蛮からもたらされた。

「大名どもが強くなるのは好ましからず」

これらを幕府は嫌った。

「切支丹《キリシタン》を禁じる」

表向きの理由は、将軍を最上とする幕府の考えを否定する、神を唯一と考えるカトリックを追放するためだとしているが、そのじつは交易で大名が力を付けるのを防ぐためであった。

「ばれねばよかろう」

大名の領国は一つの国である。幕府の手も目も届かなかった。諸国巡検使、大目付など、大名を監察する役目はあるが、そうそう領国まではやってこない。

交易のうまみを忘れられない大名たちは、抜け道を探した。

薩摩《さつま》の琉球《りゆうきゆう》征服など、露骨にもほどがあった。明の属国として冊封していた琉球を、かつての将軍家から支配していいと許しを得ているとして侵略、あっさりと攻め落とした。普通ならば、そこで琉球王国は消滅、薩摩藩に組みこまれるのだが、それでは鎖国令に引っかかる。薩摩藩は琉球を支配しておきながら、王国としての体裁を残し、幕府へ朝献させた。こうすることで、琉球は鎖国令の対象外となり、薩摩藩は好き放題に抜け荷ができるようになった。

他にもロシアとの交易口であった十三湊《とさみなと》をもつ津軽藩、朝鮮との交易をした対馬藩《つしまはん》など、江戸から遠い外様大名たちは密《ひそ》かに続けた。

平戸藩もそれであった。

もともと平戸藩松浦家は、海賊であった。領地が島や山に迫られた狭い岸辺ばかりであったことで米などが十分に取れず、生きていくために水軍という名の海賊をした。海賊であっただけに、海には詳しい。南蛮や明の船が、どの潮に乗って、どの辺へ出てくるかはわかっている。また、領地のどこに大きな交易船を停泊させられるだけの入江があるかも知り尽くしている。

平戸にイギリス商館があったときから、松浦家は島陰で明やオランダと密貿易を繰り返してきた。

しかし、それも島原、天草の乱によって崩された。

「交易とは儲《もう》かるものだの」

老中松平伊豆守の視察で、松浦家が分不相応な武装をしていることを知られてしまった。

結果、イギリス商館は閉鎖になり、平戸藩松浦家は交易を失った。

公式にそうなっていながら、相変わらず裕福な様子を見せていては、大目付を呼んでいるも同じであった。

「屋敷は買えぬ、借りられぬ」

寺はお布施を出せば、町中の宿よりはるかに安い値段で借りられる。それを考えて寺町の三宝寺に居を定めたのだが、辻番をするには手狭であった。

「人も増やせぬ、屋敷は借りられぬ。手詰まりでござるの」

志賀一蔵が嘆息した。

「一応、国元に相談してはみるが……」

弦ノ丞もため息を漏らすしかなかった。

四

平戸と長崎は近いとはいえ、陸路では二日かかる。長崎から出るのが山登りに近く、かなりときを喰うからであった。

「これをご家老さまにな」

弦ノ丞は小者に手紙を預けた。

「へい」

受け取った小者が三宝寺を後にした。

「小者でよかったのでござるかの」

田中正太郎が小者では切羽詰まっているこちらの状況をうまく説明できないのではないかと懸念を見せた。

「一人でも辻番が欠けては困る」

強く弦ノ丞が首を左右に振った。

「巡回が一組減るか」

言った田中正太郎が目を閉じた。

今は二人一組を三つで回している。それが二つに減ってしまう。さすがに一人で回るのは危険すぎた。

「一人でもできまする」

まちがいなく、誰もがそう言う。志賀一蔵、田中正太郎はもちろん、他の三人も国元では知られた剣の遣い手ばかりである。

だが、それを認めて万一のことがあっては、まずい。

「長崎辻番の役目がわかっておらぬようだな」

まず、長崎奉行の馬場三郎左衛門が怒る。辻番は、町奉行所が長崎の行政を司《つかさど》るのと同じく、長崎の治安を守る武の象徴なのだ。

「長崎辻番などたいしたものではない」

となれば治安悪化の原因の牢人や無頼が勢いを増す。

「大丈夫なのだろうか」

長崎の町民たちが不安になる。

まずまちがいなく、長崎の治安は悪くなる。

「できれば三人一組にしたい」

弦ノ丞が口にした。

かつて江戸で辻番をしていたときは、志賀一蔵、田中正太郎、そして弦ノ丞の三人で一組をなしていた。

二人では仮眠さえまともに取ることはできない。一応、辻番は不寝番とされているが、それを忠実に守っているものはそうはいなかった。

寝不足ではどうしても見逃しがでる。それだけならばいいが、戦いになったとき十全に力を発揮できない。

だから不寝番でも交代で仮眠を取る。

もちろん、夜具を敷いてという本格的な睡眠ではなく、狭い辻番所のなかで太刀を抱えこむようにしながら一刻（約二時間）ほど目を閉じるだけだが、それでも体力と気力の回復は大きい。三人いれば、皆が一度ずつ仮眠を取れる。

しかし、二人ではその仮眠をどう取るかが難しくなる。一刻ずつでも、起きているのが一人だけというときが出てきてしまう。

「二人では防ぎきれぬときもある」

弦ノ丞の懸念はそこにあった。

今、長崎辻番は藩士二人、小者一人で一つの組をなしている。わざわざ戦力にならない小者を加えているのは、雑用をさせるため以外に万一のとき、三宝寺あるいは長崎奉行所へ援助を頼みに走るためであった。

仕事のない百姓か商人の三男あたりが、武家の小者になる。知行所から年貢代わりに差し出させる者もいるが、武術の修行など何一つしたことはない。

端から小者は戦力に含まれていなかった。

「たしかに」

志賀一蔵も同意した。

「場所の問題もある。町民が事件について報せてくれても、寺町から出向いていては手間がかかりすぎる」

弦ノ丞が首を横に振った。

三宝寺のある寺町は、長崎の中央から山へと登っている坂道の途中にある。長崎自体小さな町ではあるが、それでも人の足で走るには広い。

「馬は……おけませぬな」

言いかけて田中正太郎が苦笑した。

「藩の対応を待つしかないか」

現場では何一つ決めることができない。

弦ノ丞が話し合いを終わらせた。


御成行列を襲った者どもを排除し、その後ろにあった陰謀も暴いた。

「さすがは知恵伊豆である」

三代将軍徳川家光が松平伊豆守を賞賛した。

「いえ、わたくしは上様のご威光にすがっただけでございまする」

「愛《う》いことを申してくれる」

世辞に家光がより喜んだ。

「褒美を取らそう。欲しいものを申せ」

機嫌のいい家光が言った。

「ありがたき仰せでございまする。なれば、今一度御成を賜りたく存じまする」

屋敷まで足を運んで欲しいと松平伊豆守が願った。

「それでよいのか」

「上様のお見えこそ、吾が誇りでございまする」

「かわいいことを申すの。ならば、泊まってくれよう」

「上様、お待ちを」

御成で宿泊というのは、最大の名誉である。それを口にした家光に、老中堀田加賀守正盛が口を挟んだ。

「なんじゃ、加賀」

家光が首をかしげた。

「いまだ世情は落ち着いておりませぬ。御成だけならばまだしも、お泊まりとなりますると御身《おんみ》警固に不安がでまする」

堀田加賀守が反対した。

将軍の行き帰りは、書院番、小姓番、先手組《さきてぐみ》が付き従う。それでも、松倉家の牢人は襲来した。

「当家の警固に穴でもあると言われるか」

手配りに疑問があると言われたに等しい松平伊豆守が、堀田加賀守に噛《か》みついた。

「貴殿の手腕に疑問があるわけではない」

落ち着けと堀田加賀守が手のひらを伏せて軽く上下させた。

「お泊まりとなれば、十分な警固の壁ができぬ」

堀田加賀守が首を左右に振った。

当たり前のことだが、将軍が御成先で就寝するときは、小姓番から数名寝ずの番が出る。将軍一人での就寝ならば、同室に一人の小姓番となるが、もし閨《ねや》に誰かを連れこんでいれば、話が変わる。

相手が小姓であれば、まだいい。別の小姓番が同じ部屋で通常の警固をおこなうだけですむ。しかし、松平伊豆守が用意していた稚児となれば、さらなる警固がいった。小姓ならば夜具の足下で外からの敵に備えるだけだが、知らぬ稚児となればその一挙一動にも目を光らせなければならない。家光の側《そば》に近づける前にそれこそ尻の穴まで確認するが、それでもどこに刃物や毒を隠しているかわからないのだ。ならば近づけるなと言いたいところだが、家光が召したとなればどうしようもなくなる。

「躬《みども》の意に逆らうと」

家光は父母に愛されず、弟に嫡男の座を奪われそうになったという経験が根強く心に残っている。病で倒れたときでも、お付きの小姓まで弟忠長《ただなが》のもとへ媚《こ》びを売りに行ってしまい、一人でさみしく横たわっていた。これが家光を狷介《けんかい》な性格にした。

「顔も見たくないわ」

家光が手を振れば、意見をした小姓の命運はきわまる。

「お気に召さぬことこれあり、役目を解き、小普請入りを命じる」

数日後に謹慎している小姓のもとへ使者番が来る。

「思われることあり、召し放つとの御諚《ごじょう》である」

使者番ではなく、目付が来れば最悪の事態になる。

良くて改易、悪ければ切腹もあった。

当然、家光の意思は最優先される。つい半刻（約一時間）前に顔を見せただけの稚児を抱くと言われれば、誰も逆らえなかった。

その代わりが警固の増員であった。

家光の足下、左右の肩付近と三人の小姓が控えることになる。

小姓にも定員がある。一人ですむところに三人出せば、どこかに無理が来た。そして、その無理を埋めるために、他のところに穴が開く。

稚児の場合はまだいい。

「その女を」

家光が御成先で気に入った女を閨へと求めれば、男である小姓たちは席を外すことになる。そのうえ、御成に女中は同行していない。江戸城には大奥以外に女はおらず、将軍の血筋への疑念を払拭するため、男子禁制になりつつあった。

どこで誰と接するかわからない御成、しかも夜をこえるものに大奥女中は随従できなかった。随従をすれば、密会を疑われ大奥へ戻ることができなくなってしまう。

「我らが」

そうなれば松平伊豆守家の女中が第一の警固を担うことになる。

言うまでもないが、もし家光に何かあれば、いかに寵臣といえども斬首、族滅のうえ、お家取り潰しは避けられない。

松平伊豆守も必死に家光を守るだろうが、ものごとに絶対はなかった。

「悪魔よ、この世から去れ」

「殿の仇《かたき》」

家光が閨に呼んだ女が、隠れキリシタンあるいは取り潰された大名家の者であるかも知れず、

「お覚悟」

天下の牢人たちが、松平伊豆守の屋敷へ一斉に押しかけ、その一部が家光のもとまでたどり着くこともありうる。

「江戸の牢人どもを一掃し終わるまで、ご辛抱を」

堀田加賀守が家光を諫《いさ》めた。

「牢人どもを江戸から追い出すとな」

家光が面白そうな顔をした。

「いつ江戸から牢人どもはいなくなるのじゃ。明日か、十日後か」

「それは……」

言われた堀田加賀守が詰まった。

家光の代になって取り潰された大名は五十をこえ、その所領は二百万石に近い。牢人となった者の数は一万石あたり百人として、二万人になる。仕官、帰農など新たな道を見つけられた者を引いても一万人は牢人に落ちた。そこに牢人となった者の家臣たちも加わる。牢人だけで五万人はいる。

それらの牢人のほとんどが、新しい仕事を探して、天下の城下町である江戸へと集まってきていた。

数万人からの牢人を江戸から追い出す。実質不可能であった。

「少しお時間をいただきたく」

堀田加賀守が苦渋の顔で言った。

「待てというならば待とう。ただし、伊豆への成を留《とど》めるのだ。加賀への成は当然なくなる。それでよいな」

「……」

堀田加賀守が家光の言葉に黙った。

家光の寵愛を閨へ呼ばれる数で競っていたのは、もう二十年以上も前の話である。やがて身体《からだ》が大人になり、家光が女をめでるようになったことで閨への召し出しはなくなった。その代わりになったのが御成であった。

御成の回数が、寵愛の基準になった。そして御成の数では、堀田加賀守が圧勝していた。

「かまいませぬ」

そう流してしまえばいいほど、およそ十倍の差がある。

しかし、それでも己ではなく、他の者への寵愛は我慢ならない。男と男の嫉妬は、男と女の嫉妬よりはるかに根深い。

「伊豆」

黙った堀田加賀守ではなく、松平伊豆守へ家光が顔を向けた。

「はっ」

堀田加賀守をにらみつけていた松平伊豆守が、すっと頭《こうべ》を垂れた。

「そなたならば、どのくらいで江戸から牢人を減らせる」

家光が問うた。

「……………」

少し考えた松平伊豆守が口を開いた。

「江戸の牢人すべてを排除することはかないませぬ」

松平伊豆守が首を横に振った。

「ですが、かなりの牢人を江戸から出すことはできまする。かかる日数はおよそ二十日もあれば」

「ほう」

松平伊豆守の答えに家光が目を見張った。

「伊豆守、大言壮語は控えよ。御前じゃぞ」

堀田加賀守が松平伊豆守を制した。

「加賀、口を閉じておれ」

不快そうに家光が堀田加賀守へ命じた。

「う、上様」

叱られた堀田加賀守が顔色をなくした。

「伊豆、どうするのじゃ」

堀田加賀守への興味をなくしたように、家光が松平伊豆守へ問うた。

「江戸以外の地で、仕官を求めている大名がいるとの噂を流しまする」

「なるほどな。今の牢人どもは、仕官先に飢《かつ》えておるでな。さすがは知恵伊豆と呼ばれておるだけのことはある」

　策を聞いた家光が感心した。

「畏れ入りまする」

「だが、それでは名指しされた大名が否定しよう」

「……はい」

　たしかにそこがこの策の穴であった。

「躬が探しておるといたせ」

「上様が……」

　松平伊豆守が家光の提案に息を呑んだ。

「大坂に西国監視の番方を新設するとすればよかろう。島原で騒動が起こったのだ。不思議ではなかろう」

　家光が告げた。

　大坂城代は西国監察の役と、万一島津や毛利《もうり》が東征に出たとき、堅固な大坂城に拠《よ》って抵抗するのが役目であった。しかし、今の大坂城代には、広大な大坂城の防御をできるだけの番士がいない。戦がなくなったとして数を減らしたからであった。

「それに使える者がおれば、少しならば拾いあげてやってもよかろう。さほどの禄をくれてやらずともすみそうじゃしな」

口の端を吊《つ》りあげながら、家光が嗤《わら》った。

五

平戸藩国家老熊沢作右衛門《くまざわさくえもん》は、弦ノ丞が出した使者の小者から受け取った書状を前に腕組みをしていた。

「ご家老さま、いかがなさいました」

用人が熊沢作右衛門の様子に問うてきた。

「斎が増員を求めて参った」

「先日も三人出したばかりではございませぬか」

熊沢作右衛門から書状を受け取った用人があきれた。

「あれではたるまい。長崎の町を見回るとなれば、あの五倍は要るだろう」

「五倍……十五人も出す余裕はございませぬ」

用人が強く拒んだ。

藩士を派遣するというのは金がかかった。国元の家、そして派遣先と、二重に生活の費用がかさむ。もちろん、その二重生活の費用すべてを藩がもつわけではないが、かといって藩士に押し被《かぶ》せるわけにもいかなかった。役目としての派遣となれば、多少の援助はすることになる。

些少《さしょう》といえども弦ノ丞や志賀一蔵を含めた二十一人ともなれば、かなりの金額になった。

「しかしだな、まるきり無視するわけにもいかぬぞ。長崎奉行馬場三郎左衛門さまからのご依頼じゃ」

「そもそもは斎ら三人のことでございましょう。それが二十一人などあまりといえばあまりでございましょう」

用人が強硬に反対した。

「本気で申しておるのか」

「えっ」

あからさまな怒気を見せた熊沢作右衛門に、用人が間の抜けた顔をした。

「馬場さまからのお指図が斎たちだけに出されたものだと、思っておるのかと訊《き》いておる」

「…………」

言われた用人が黙った。

「どう答えれば、この場をしのげるかと考えるな。儂《わし》がそれくらい見抜けぬと考えているならば、甘く見られたものじゃ」

「そ、そのようなことは……」

内心を言い当てられた用人が、焦った。

「長崎奉行さまが、陪臣に直接命を出されるわけなどなかろうが。あれは斎を通じて当家へ要請なさったのだ」

「……は、はい」

叱られた用人が萎縮した。

「話にならぬの。下がれ」

面倒になった熊沢作右衛門が、手を振った。

「申しわけございませぬ」

怒っているときに、しつこくすがるのは逆効果になりかねなかった。用人があっさりと退いた。

「あれで二百石か。無駄遣いじゃの」

熊沢作右衛門が独りごちた。

「……屋敷を手配するよりましか」

用人には渡さなかったもう一枚の手紙を見ながら熊沢作右衛門が嘆息した。

イギリス商館を失った後、熊沢作右衛門は長崎を詳しく調べさせていた。

「このままでは保《も》たぬ」

国家老として藩政を左右している熊沢作右衛門には、交易という打ち出の小槌《こづち》を失った平戸藩松浦家の衰退が見えていた。

平戸藩松浦家は表高は六万石であった。しかし、交易のおかげで実高は二十万石をこえていた。当然、交易を失えば、実高は半減どころか、表高も割ってしまう。海沿いに張り付いた土地と人が住むにも困るような島々しかない。

「なんとかして長崎での交易に食いこまねば」

熊沢作右衛門は焦燥感にさいなまれていた。

平戸は江戸から遠すぎる。だが、参勤交代をしなければならない。参勤交代は幕府から課された軍役であり、一年ごとに藩主は国元と江戸を行き来する。その費用がとてつもなかった。

平戸藩松浦家の参勤交代は、馬上武者八騎、徒士《かち》、足軽六十人、小者と人足百人余になる。これが江戸まで向かう。船と歩きで片道十五日はかかる。宿泊、食事、休息に使う本陣、脇本陣、旅籠《はたご》などの費用だけで、一日十両は要る。じつに片道だけで百五十両以上になる。

第二章　過去の発掘

一

島原の乱に兵を出した松浦家は、幕府から百石の加増を受けていた。

「けちくさい。器が知れるわ」

肥前平戸藩主松浦肥前守重信《しげのぶ》が、江戸屋敷で吐き捨てた。

「どこで聞かれているかわかりませぬぞ、殿」

江戸家老滝川大膳が松浦重信を諫《いさ》めた。

「ふん。藩邸内のことだ。御上《おかみ》もそれを咎《とが》めることはできまい」

松浦重信が鼻を鳴らした。

江戸城で公然と幕府非難をしたとなれば、咎めを避けることはできなくなるが、藩邸での発言ではどうしようもない。

「その方、このようなことを申していたそうじゃの」

　大目付《おおめつけ》が呼び出したところで、

「なんのことでございましょう」

　ととぼけることができる。

　聞いていたという証拠が出せないからだ。

「隠密が聞いていた」

　そう言ったら、その隠密と会わせろとなる。まさか、大名の前では隠密といえども面《めん》体《てい》を隠しておくわけにはいかないので、顔を知られることになる。

「幕府の隠密の言うことを疑うか」

　そう返されたら、いつからいつまでどこに潜んでおりましたかと問えばいい。それを答えてしまえば、対策を取られ、今後隠密を入れることは難しくなる。

「そのようなもの、答えずともよい」

　と、さすがに強権を発動するには無理がある。

　天下に牢人《ろうにん》が溢《あふ》れ、辻斬《つじぎ》り、斬り取り強盗などが増え、辻番を設けなければならなくなったのは、大目付による大名改易の多さが原因なのだ。

「やり過ぎじゃ」

　島原、天草の乱など、牢人による騒動が泰平の不安定さを幕閣に知らしめた。老中たちは、外様大名を改易する方向からの転換に踏みきろうとし始めている。そんなときに無理なまねをすれば、大目付への反感は幕閣にも生まれる。

「書いたもの、謀反の連判状でもなければなにもできぬ」

松浦重信が言い切った。

父の若死にに伴って、早くから藩主の座に就いた松浦重信の父隆信《たかのぶ》は、平戸が遠かったこともあり、大坂夏の陣に遅参した。

「本領安堵《あんど》」

かろうじて咎めは受けなかったが、その後幕府の監視を受けるため、十年の間江戸に在した。その間に生まれた重信は、ずっと江戸にあり、初めての帰国が島原の乱に伴う出陣であった。そのため、江戸の事情には詳しい。

というより、いやというほど幕府やその他の大名たちの汚い部分を見てきた。

「いずれ知ることになる。最初からきれいな水で育てた魚は、汚泥のなかでは生きていけぬ」

戦国乱世松浦家を生き延びさせた始祖松浦鎮信《しげのぶ》は、天下の汚さをよく知っていた。

「乱世であろうが泰平であろうが、天下を巡って汚い争いは続く」

豊臣秀吉《とよとみひでよし》、徳川家康と二人の天下人に仕えた松浦鎮信は、権力者というものの恐ろしさを身にしみて知っていた。

「まだ外へ人の目を向けるほうが、内に籠もろうとするよりはましじゃ」

松浦鎮信は海外に目を向けた秀吉の考えを潰した家康を買っていなかった。

「籠もるものほど、他人《ひと》に厳しい」

だからこそ、松浦鎮信はできたばかりの平戸城を焼いた。

「いつでも攻め滅ぼせると思わせておけ」

平戸にイギリス、オランダ商館を誘致し、平戸藩の収入の基礎を作りあげた松浦鎮信は、豊臣家が攻め滅ぼされる直前の慶長十九年（一六一四）に死去した。

だが、松浦家を支えるはずだった交易の利がなくなった。

今後は六万石という表高に足りない物成だけで、平戸藩松浦家はやっていかなければならない。

父の死によって藩主となった重信は、そのことに不満を露《あら》わにしていた。

「なぜ、余のときに……」

島原、天草の乱が幕府の目を九州へ向けることになった。

「九州ではなく、上方でことを起こしたほうが、もっと幕府を焦らせることができたであろうに」

松倉家、寺沢家の圧政に耐えかねた農民一揆《いっき》に乗じた牢人たちも、松浦重信は嫌っていた。

「京を奪われることを幕府はもっとも怖《おそ》れている」

朝廷を手にした者が天下人になれる。それを徳川家は嫌というほど知っている。もし、牢人が京に近い大津や丹波《たんば》で蜂起したならば、決して島原の乱のような失態は晒《さら》さなかっただろう。

「小身者が、我らを差配するなど……」

島原の乱が長引いた一因は、最初に幕府が出した討伐軍の総大将板倉内膳正重昌《いたくらないぜんのかみしげまさ》が軽輩であったことによる。

板倉重昌は三河深溝藩《ふこうずはん》一万五千石の藩主であったが、これは父板倉勝重《かつしげ》の遺領を兄重宗《しげむね》から分けられたもので己の手柄で得た加増ではなかったことが、福岡藩黒田家、熊本藩細川家など大領の外様大名が多い九州では軽く見られたのだ。

結果、大名が板倉重昌の指図に従わないという事態が起き、島原の乱は大事な初期対応で後れを取った。そのために江戸から老中松平伊豆守信綱が派遣され、結果平戸藩松浦家は平戸の南蛮商館を失った。

「上方に集まって騒いでくれれば、松浦は交易を失うことはなかった」

百姓一揆だった島原、天草の乱が二年にわたって制圧されなかったのは、戦《いくさ》を知っていた牢人たちが加わったからであった。

「これからも奪われるだけでよいのか」

「百姓の怒りを見せつけてやれ」

牢人たちは鍬《くわ》や鎌しか持てない百姓たちを、一人前とはいわないが戦う者に変えた。

松浦重信の恨みは、幕府よりも牢人に向かっていた。

「烏合《うごう》の衆が」

家光の御成《おなり》行列が襲われたときも、松浦重信はあきれていた。

「少しは裏を考えろ」

寺沢家が松倉家を助けるはずはないと最初から理解していれば、逆に松倉の牢人が寺沢を利用して、家光を害することができたかも知れない。

「もし、ことがなっていれば、代替わりがあり、寵臣《ちょうしん》どもも皆後を慕ったであろうに」

具体的な名前や名称を口にしないていどの気遣いは松浦重信もしている。

もし御成の最中《さなか》に家光が害されれば、まず御成を願った松平伊豆守は切腹になる。さらに人も羨《うらや》む出世を家光から与えられた堀田加賀守、阿部豊後守らも殉死しなければならなくなる。

将軍と老中が総入れ替えになれば、松浦家への対応も、鎖国のことも変わるかも知れない。事実、日本から追い出されたイギリスは、なんども幕府へ交流の再開を求めている。それを今の幕府は一顧だにしていないが、次はどうなるか。

「次代は先代が偉大であればあるほど、その影を消そうとするものだ」

松浦重信は四代将軍となるだろう世子《せいし》家綱《いえつな》に期待していた。

「届かぬとあきらめたときは、おとなしく受け継ぐだろうが……二代さまのようにな」

天下人となった徳川家康の跡を継いだ二代秀忠は、その偉大さに萎縮したのか、父の業績を讃《たた》えるだけで終わっている。

「まあ、そのあたりは、今の執政衆が一掃された後に後釜となった者によるだろうが」

すでに幕政の実務は将軍ではなく、老中たちの手元に落ちている。

「残念じゃ」

望みを口にしながら、松浦重信が嘆息した。

松浦重信が今語った未来《さき》を閉ざしたのが、家臣である弦ノ丞だったからであった。

「斎は国元へ帰したのだな」

「今は長崎におりまする」

確認するように言った松浦重信に、滝川大膳が答えた。

「長崎だと……」

松浦重信が怪訝《けげん》そうな顔をした。

「長崎奉行の馬場三郎左衛門さまより……」

滝川大膳が長崎辻番の話をした。

「……まったく。おとなしくできぬのか、斎は」

小さく首を横に振りながら、松浦重信があきれた。

「いたしかたないことでございましょう。降りかかる火の粉を払わねば、当家はもっと痛い目に遭っておりまする」

弦ノ丞の功績を滝川大膳が申し立てた。

「斎が手出しせねば、藩の望みが叶ったかも知れぬのだぞ」

家綱が鎖国の禁を緩める可能性を、ふたたび松浦重信が口にした。

「もし、あのまま松倉家の企《たくら》みがなされたとしたならば、当家は潰されておりましょう」

「なにを申すか。当家はかかわりないぞ」

松浦重信が馬鹿を言うなと滝川大膳を叱った。

「上様を弑逆《しぎゃく》されて、伊豆守さまが黙っておられましょうか」

「伊豆守はすぐに腹を切るだろう。なにもできまい」

「あのお方を甘く見られてはなりませぬ。まちがいなく上様のお後を慕われましょうが、その前に徹底して、ことにかかわった者どもをあぶり出し、断じられまするぞ」

「……むっ」

言われた松浦重信が詰まった。

松平伊豆守が、男色の相手でもあった家光へ捧《ささ》げる忠誠のすさまじさは、江戸で、天下で知らぬ者などいない。

「当家はかかわっておらぬぞ」

「それが通りますするか。松倉家の上屋敷だった空き屋敷に隣接しておきながら、牢人どものことに気づかず、屋敷に火が放たれたときも対応しなかった。それを怒りに我を忘れておられる伊豆守さまが、お見逃しになると」

「…………」

老練な家老の言葉に、若い松浦重信が黙った。

「松浦が身分不相応な軍備を持ちながら、お咎めなしですんでいるのは……」

「辻番どもの功か」

「はい」

滝川大膳が首肯した。

「しかしだぞ……」

言いかけた松浦重信が一瞬ためらった。

「……長崎には末次がおろう」

松浦重信が長崎代官の名前を出した。

「父の名前が出ては困る。事情を斎らは存じおるのか」

「……いいえ。さすがに斎の身分では知るに足りませぬ」

主君の問いに滝川大膳が首を横に振った。

「あれのことを知っておるのは、誰《たれ》じゃ」

「殿、わたくしと国家老の熊沢、末次平蔵どの、代々のご老中方、同じく長崎奉行さま。今、生きているのはそれくらいかと」

「長崎奉行所の牢役人や、小伝馬町《こでんまちょう》の牢同心どもは」

「そこまでは……」

確認された滝川大膳が首を横に振った。

「確かめておらぬか。となれば、長崎代官の下役どもも気にせねばならぬの」

「申しわけもございませぬ。ただちに」

「いや、待て」

すぐにでも調査すると申し出た滝川大膳を松浦重信が制した。

「下手《へた》に動いて、御上を刺激するのは避けたい」

松浦重信が苦い顔をした。

「御上の目は、まだ当家に」

「向いていないと考えているならば、そなたから家老の座を取りあげなければならぬことになるぞ」

「……ご無礼を」

睨《にら》む松浦重信に、滝川大膳が頭を下げた。

「わかっておるならばよい」

松浦重信が手を振った。

滝川大膳は、織田信長の重臣で東国先鋒《せんぽう》を任されたほど能力を買われた滝川一益《かずます》の子孫である。本能寺の変の後、羽柴《はしば》秀吉への対応をまちがえたことで没落、一族は四散、その一人が松浦家に仕え、重臣となった。

一つ違えば、松浦家が滝川家の下にあったかも知れないのだ。それだけに松浦重信も気を遣い、その能力に期待もしていた。

「相手は長崎奉行馬場三郎左衛門か」

「………………」

一層難しい顔になった松浦重信が嘆息し、滝川大膳が黙った。

「忠義一途《いちず》だけでは、勝負にならぬの」

「……はい」

長崎奉行は島原の乱もあり、幕府での重要度がとみに増している。家柄だけの旗本が務められるものではなく、その職に就いたというだけで、旗本のなかでも指折りの俊英とわかる。とても若い弦ノ丞では敵《かな》わなかった。

「熊沢でも難しいか」

「平戸と長崎、近いとはいえ、二日かかるのはいささか厳しいと」

国家老でも馬場三郎左衛門とやり合えまいと嘆いた松浦重信に、滝川大膳が能力ではなく地の利が悪いと逃げた。

「そなたを行かせるわけにもいかぬ」

江戸家老を長崎に派遣するとなれば、たちまち幕府に平戸藩がなにかしでかすとみぬかれてしまう。

「難しい」

「力足りませず、恥じ入りまする」

「そなたのせいではないわ。我が先祖のしくじりじゃ」

詫《わ》びた滝川大膳を松浦重信がなだめた。

「注意だけでもしておくべきだな」

「では、早速に」

松浦重信が、馬場三郎左衛門の策にはまらぬよう弦ノ丞に念を入れておけと命じ、滝川大膳が首肯した。

二

老中松平伊豆守信綱は、御成行列襲撃の後始末に厳しい姿勢で臨んだ。

「切腹ではない、死罪じゃ」

生き残った松倉家の牢人は、武士ではなくただの無頼として、首を討たせた。

「疑いとはいえ、寺沢兵庫頭《ひょうごのかみ》もただですませるわけにはいかぬ」

島原の乱で公収された天草四万石を返還してもらい、出仕停止の処分を解除してもらうため、松倉の牢人たちを動かし、わざと家光を襲わせている。それを寺沢家が討伐することで、功績にしようとした。

その疑いはしっかりとあったが、確実な証拠がなかった。

「兵庫頭に言われて……」

そう松倉の牢人が訴えたところで、

「同じく島原の乱で咎めを受けはいたしましたが、処分に差がございました。それを恨んで誣告《ぶこく》いたしておるのでございまする」

寺沢兵庫頭堅高にそう抗弁されれば、咎め立てることは難しい。

実際、悪人が死罪になるとわかったとき、いきなりあいつも仲間だとか、あいつにそそのかされたとか言いだすことは多い。

「まさか、伊豆守さまともあろうお方が、お叱りを受けているとはいえ御上より唐津《からつ》の支配を預けられているわたくしの言葉より弑逆を犯そうとした牢人の逃げ口上に重きをおかれると」

「…………」

そこまで言われると松平伊豆守とはいえ、無理はできなかった。

「濡《ぬ》れ衣《ぎぬ》を着せるような執政では困る」

家光の寵臣、いや寵臣だからこそ、反発する者もいる。とくに家光の閨《ねや》に侍《はべ》ることで出世したと思われている松平伊豆守らを嫌う者は、徳川譜代の名門に多い。

「吾《わ》が目が黒いうちは、上様にお目通りできると思うな」

出仕停止を解くことはないと告げるのが精一杯であった。

「無念じゃ」

家光の寵童として差し出すため、遠縁から松平家へ迎えられた伊豆守は、親に捨てられ養父に出世の道具として扱われた。

「愛《う》いやつじゃ」

そんな松平伊豆守に愛情を注いでくれたのは、一人家光だけであった。

「上様のおために」

松平伊豆守は、そのすべてを家光に捧げている。

大名になり、家を残すため妻を娶《めと》り、側室を迎え、子供も儲《もう》けたが、これも子々孫々まで家光の血筋に仕えさせるためでしかない。

「寺沢を潰したい」

松平伊豆守にとって、噂《うわさ》が真実であろうが、いつわりであろうが、どうでもよいのだ。

家光に害が及びかねなかったというだけで怒り心頭に発する。

「なにか手はないか」

登城停止させていることで、かえって寺沢兵庫頭への手出しができなくなっている。

登城停止は、同時に幕府の役目をしなくてもよいとの意味を持つ。

「島原の乱にかかわる咎めは終わっている」

家光の名前で寺沢家には咎めが与えられている。そこに新たに付け足すことは、できなかった。家光の判断では不足だと言っているも同じになる。

家光を至上とする松平伊豆守にそれは許されなかった。

「確証が欲しい」

一度目はまだいい。家光の治世に島原の乱という傷を残したとはいえ、別段お膝元がどうというわけでもない。なによりちょっとした戦並みに拡《ひろ》がった一揆を家光の指図で鎮圧した。つまりは、家光の武名を高めた。それで天草取りあげ、目通り叶《かな》わぬていどならば上等である。

「……誰ぞと思えば、一人いたの」

思案にふけっていた松平伊豆守が顔を上げた。

「松浦の辻番であった、あの若いの」

松平伊豆守が弦ノ丞の顔を思い浮かべた。

「呼び出すか」

陪臣一人くらい老中からしてみれば、小者と同じであった。他家の家臣でも自在に呼び出せた。

「誰ぞ、松浦家へ人を出せ。辻番頭《つじばんがしら》を出頭させよと伝えよ」

松平伊豆守が命じた。


老中からの使者となれば、まず用人以上が対応し、用件次第では家老、場合によっては主君が応対する。

「辻番頭でございますか」

用件が藩にかかわることではない。さすがに松浦重信の応対は不要であった。

「どのようなご用件かお伺いいたしても」

滝川大膳が松平伊豆守の使者に会った。

「そなたが知らずともよい」

使者はたとえ小者であろうとも、松平伊豆守の代理になる。威丈高に滝川大膳を押さえつけた。

「ご無礼を仕《つかまつ》りました。後ほど向かわせまする」

「拙者と共に参れ」

後ほどと言った滝川大膳を使者がふたたび押さえた。

「はい」

打ち合わせができなくなった。だが、相手は老中首座である。とても逆らえない。

「砂川《すながわ》をこれへ」

滝川大膳が配下に今の辻番頭を呼びに行かせた。

「わたくしが、老中首座さまに……」

「……ご無礼のないようにな」

蒼白《そうはく》になった辻番頭に滝川大膳がさらに釘《くぎ》を刺した。

「お願いをいたしまする」

滝川大膳が使者に頭を下げた。

「急げ」

使者にしてみれば、他家の家老なぞどれほどの相手でもない。主君たる松平伊豆守の命こそ大事なのだ。

引き立てるように砂川を連れていった。

「やれ、面倒と縁の切れぬ奴よ」

松平伊豆守が松浦家の辻番頭に用がある。それが誰のことを指すか滝川大膳はすぐに気づいた。幸い、弦ノ丞は国元へ帰して、今は長崎に居る。どれほど老中首座の力が強かろうとも、長崎にいる弦ノ丞を今日明日に江戸へ戻すことはできない。

弦ノ丞の名前を言ってこなかったのを利用して、事情を知らぬ振りで、今、辻番頭をしている砂川を差しだした。

「さて、長崎へ手紙を出す用意をしておかねばならぬの」

滝川大膳が控えている下僚に硯《すずり》の準備をさせた。

松平伊豆守は使者が連れてきた砂川を引見した。

「そなたは、誰じゃ」

見たこともない壮年の侍に松平伊豆守が怪訝な顔をした。

「松浦家の臣、砂川次郎左衛門《じろうざえもん》でございまする」

「余は辻番頭を召したはずである」

「ですから、わたくしが参上仕りましてございまする」

違うと言った松平伊豆守に、今度は砂川が首をかしげた。

「松浦の辻番頭はもっと若い者であったはずだが」

「それは前任でございまする」

確認した松平伊豆守に砂川が答えた。

「そやつを呼んだのだ。すぐに屋敷へ戻り、そやつを連れて参れ」

「お指図に否やを申すつもりはございませぬが、あいにく前任の斎は国元へ帰りましてございまする」

松平伊豆守の言葉に、砂川が告げた。

「国元だと」

「はい」

驚いた松平伊豆守に砂川が首肯した。

「いつだ」

「隣家が焼け落ちてすぐでございました」

松倉家の空き屋敷が焼失したころだと砂川が述べた。

「御成の直後ではないか。どうして国元へ」

「わたくしは存じませぬ。その後、辻番頭を命じられましたので」

理由を問われた砂川が困惑した。

「江戸家老を呼べ」

「ご執政さま」

滝川大膳をここへ連れてこいと言った松平伊豆守に、砂川が質問を許して欲しいと言った。

「申せ」

「御用の趣をお聞かせいただけませんでしょうか。さすれば、詳しい者を御許《おんもと》に向かわせまするゆえ」

「…………」

筋の通った要求に、松平伊豆守が黙った。

「……江戸家老に告げよう」

少し考えた松平伊豆守がそう告げた。

「では、江戸家老をここへ呼べばよろしゅうございましょうか」

「さようにいたせ」

確かめた砂川に松平伊豆守がうなずいた。

「では、ただちに」

砂川としても、老中首座の前に座るなど避けたい厄介事でしかない。老中首座へ無礼の一つでも働けば、

「そなたの家中は、余をどのように見ておるのかの」

藩主松浦重信へ言いつけられる。

「それは申しわけなし。厳しく叱っておきますゆえ」

松浦重信も老中首座の不機嫌はまずい。

「気を付けよ」

これですむはずもなく、甘くて放逐、重ければ切腹させられる羽目になる。

砂川が喜んで、松平伊豆守の前を辞去したのも当然であった。

帰ってきた砂川に松平伊豆守が呼んでいると言われた滝川大膳は、そう応じるしかない。

「……わかった」

「面倒な」

とは思っていても、同じ家中の者とはいえ、口にするわけにはいかなかった。

すぐに滝川大膳は身なりを整えて、松平伊豆守のもとを訪れた。

「松浦家の滝川大膳と申しまする」

「そちが家老か」

「はい。殿より江戸のお屋敷を預かっておりまする」

松平伊豆守から問われた滝川大膳が認めた。

「あのときの辻番頭はどうした」

「斎でございましたならば、国元へ戻しましてございまする」

一々細かいことは言わないでもわかるのが政を担当する者の腹芸であった。

「功績を立てた者を国元へ」

松平伊豆守が怪訝な顔をした。

弦ノ丞は御成の行列を守ったというほどではないが危機を報《しら》せ、松平伊豆守に十二分な対応を取らせた。その功績だけでも出色の立身ができる。なにより、松平伊豆守に恩を売ったに等しい。江戸に置いて松平伊豆守への貸しとするのが普通であり、遠ざける理由はない。

「それが、家中で少しばかり」

滝川大膳は正直に弦ノ丞が下僚を見捨てたことで、不和が生じたと告げた。

「……愚か者どもが」

松平伊豆守にしてみれば、苦情を口にした者どもは家光の命よりも、己たちのことをかばえと要求したに等しい。

「まさかと思うが、その者たちは」

「いきなりは目立つかと思いまして……役目を剥いで無役として屋敷に留め置いておりまする」

どうするつもりだと問うた松平伊豆守に、滝川大膳がただではすまさないと応じた。

「手ぬるいわ……と申したいところではあるが」

松平伊豆守が眉間にしわを寄せた。

「上様の御成を狙った輩《やから》がおるなど表沙汰にはできぬ」

「はい」

悔しそうな松平伊豆守に滝川大膳が同意した。

「上様のことを軽視した輩をどうするのかは、そなたに任せるが……」

「万事承知いたしております る。愚か者の血筋が松浦家に残ることはございませぬ」

滝川大膳が放逐すると暗に述べた。

「甘いわ」

松平伊豆守が滝川大膳を睨んだ。

「天下にその居場所を許すな」

「……はっ」

滝川大膳が平伏した。

「さて、斎であったかは、国元におるのだな。ならば呼び戻せ」

本題に松平伊豆守が戻った。

「それが、正確には国元ではございませぬ」

「国元へ帰したとそなたは申したぞ」

首を左右に振った滝川大膳へ松平伊豆守が冷たい目を向けた。

「ただいま斎は、長崎奉行馬場三郎左衛門さまのお指図のもと長崎辻番頭を務めております る」

「馬場三郎左衛門の指示だと」

「はい。そのように報告を受けておりまする」

滝川大膳が首を縦に振った。

「ふむ。長崎辻番か……」

少し松平伊豆守が思案した。

「長崎の治安が悪いようじゃの」

すぐに松平伊豆守が馬場三郎左衛門の考えを読んだ。

「御上から出されませぬので」

「出せぬな。今度は長崎を焼くことになるぞ」

松平伊豆守が声を低くした。

三

島原の乱は終わった。

一揆に参加した者のなかで生きているのは、早くから幕府に内通した山田某《なにがし》という絵師だけで、残りは女子供かかわりなく松平伊豆守の命で殺された。

では、九州からキリシタンや幕府への不満を持つ者はいなくなったかというとそうではなかった。

もともと島原の乱はキリシタン一揆ではなかった。島原を領していた松倉家、天草を領していた寺沢家の圧政に耐えかねた百姓の蜂起にキリシタンや牢人が加わっただけであった。

いや、牢人が煽《あお》ったというのが正解であった。

牢人たちには、幕府への恨みがあった。とくに西国は反徳川の気配が濃かった。言うまでもなく、西国は豊臣恩顧の大名が多く、そのほとんどが幕府の奸計《かんけい》によって改易の憂き目に遭ったからであった。

「主家を潰された」

「仕官の道を塞ぎおった」

まさに戦国乱世を生き延び、ようやく安定した日々を迎えようとしていたところに、主家の滅亡あるいは減禄《げんろく》を喰《く》らい、命を賭《か》けて得たすべてを失った。

「徳川め」

命つなげず、死んでいった者は数知れない。それらは子や孫に恨みを遺した。

その恨みが島原の乱を大きくした。

「我らでは旗にならぬ」

普請場で働き一日の糧を得ていた者、斬り取り強盗をしていた者、それらでは一揆の旗頭にはなれない。

「皆が一つでなければ、戦は勝てぬ」

最後に一花咲かせたい牢人とはいえ、無駄死にをしたいわけではなかった。

「なれば、神童として地の者に知られている切支丹《キリシタン》の若者がよかろう」

こうして益田四郎時貞《ますだしろうときさだ》が一揆の頭となった。

「切支丹どもの謀反である」

それを松平伊豆守らが利用した。

キリシタンを禁じたとはいえ、人の心にまで入りこむことはできないし、すべての村に宗門改を派遣することは無理である。

なにより神への信心というのは、そう簡単に捨てられるものではない。

松平伊豆守をはじめとする幕府執政は、禁教した耶蘇教《ヤソきよう》の信者が全国に潜んでいることを知っていた。

「殲滅《せんめつ》せよ」

信者を根絶やしにすれば、神もその土地から消える。

結果、百姓一揆は牢人と幕府に翻弄され、キリシタン一揆となった。

島原、天草以外にもキリシタンはいる。それらの者たちは、幕府に逆らうつもりはなく、また松倉領や寺沢領ほどの圧政を受けてもいない。

「なんということを」

一揆に加わらなかったキリシタンはまだまだいる。そのキリシタンたちが、根切りに啞然《あぜん》となった。

「助かった」

参加しないという判断を下したことに安堵した者もいる。

「女子供まで殺すことはなかろう」

怒りに打ち震えた者もいる。

「この国にいては先がない」

逃げ出すことを考える者もいる。

このうち安堵した者は、そのまま信仰を隠し、今まで通りの生活を続ける。

問題となるのが残りの二つであった。

「復讐《ふくしゆう》を」

「天罰を下す」

怒りに打ち震えた者は、幕府への牙を研ぐ。

逃げ出すことを考えた者は、唯一海外に開かれた長崎を通じて、日本を脱出しようとする。

これらの者にとって、長崎は格好の標的となった。

「見廻《みまわ》りと称して大番組《おおばんぐみ》を出すにしても、さほどは送れぬ。長崎は狭い。そこに千からの兵を常駐させられるはずはない」

　松平伊豆守が長崎に幕府の兵を出せない理由を続けた。

　千人という兵を維持するには、衣食住を整えなければならない。一日五合の米を支給するとしても、五石もの米が要る。一年にすれば約千八百石になってしまう。おかずを抜いて純粋に米だけでそれだけかかる。そこに住むところ、武具、馬、奉公人などの費用を加えると、一年で二千両以上かかる。

「金もかかるが、なにより場所がない」

「はい」

　滝川大膳も長崎の地形くらいは知っている。

「実際、どのくらいなら可能か。寺を借りあげても百は厳しい。いいところ五十であろう」

「少のうございまする」

「ああ。五十では見廻りをする一隊あたりは五人がいいところだろう」

　松平伊豆守も同意した。

　五十人いるからといって、毎日任に就くわけではなかった。当番、宿直番《とのいばん》、非番と大きく三つに分けることになる。もちろん、三日で二日勤務などという甘い待遇ではなく、書院番などと同じく八日で一日休みになる。当番を五回、宿直番を二回、そして非番一回。となれば六人で一組をなす計算になるが、頭に小頭、事務方も要る。それを引けば五人組になった。

「五人では襲われるぞ」

「…………」

幕臣を狙う者が居ると認めることになる。滝川大膳は松平伊豆守の言葉に反応するのを避けた。

「だからといって組の数を減らし、一組を多くしたら穴が空く」

巡回する組が減れば、目の届かないところが出てくる。

「そこを突かれ、強盗や辻斬り、付け火などされては、御上の威厳にかかわる」

「…………」

その責任を長崎奉行馬場三郎左衛門は、長崎警固に任じられている福岡の黒田、佐賀の鍋島などに押しつけるつもりだと滝川大膳が気づいた。そして、その押しつけられる相手の一つに平戸藩松浦家が入ったとも理解した。

「さすがに宿老をするだけはあるな」

滝川大膳が黙った理由を松平伊豆守は見抜いた。

「ところで大膳」

「……はっ」

松平伊豆守が滝川大膳の目を見た。

「長崎代官を存じておるか」

「お目にかかったことはございませぬが」

滝川大膳が応えた。

「ふむ。では、松浦と長崎代官のかかわりは」

「……すでに御上でご裁決いただいたと記憶いたしておりまする」

すんだことを蒸し返さないでくれと滝川大膳は願った。

「たしかに先代の長崎代官は牢死した」

松平伊豆守がわざとそこで言葉を切った。

「…………」

次になにが来るかと滝川大膳が身構えた。

「牢死したことで、裁決はなされておらぬ。死人にはなにも訊《き》けぬし、咎めを与えることもできぬ」

「なにを仰せになられまする」

滝川大膳が抗議の声をあげようとした。

「先代の肥前守はどうしておる」

「寛永十四年（一六三七）に亡くなりましてございまする」

知っていて訊いた松平伊豆守に、滝川大膳は素直に答えた。

「そうか。死人になっておったか。ならば、話は訊けぬの」

「仰せの通りでございまする」

滝川大膳が首肯した。

「和蘭陀《オランダ》から抗議が来ておっての」

「……和蘭陀から」

口《くち》の端を吊《つ》りあげて言う松平伊豆守に、滝川大膳が息を呑《の》んだ。

「正確には台南の総督府からだがの」

「…………」

こちらから水を向けるのはまずいと滝川大膳が黙った。

「ピーテル・ノイツという名前に覚えは」

「あいにく」

滝川大膳が首を横に振った。

「偽りを申すなよ。一度の偽りは、そなたの発言すべてを嘘《うそ》にするぞ」

「……よく覚えてはおりませぬが、江戸にいた者でございましょうか」

釘を刺された滝川大膳が逃げるような言い方で、知っていることをにおわせた。

「先代の肥前守と先代の末次平蔵が起こしたタイオワンの一件は知っておるな」

「存じております る」

もうとぼけるわけにはいかなかった。

タイオワンの一件とは、貿易の利をより多くしたいと考えた松浦肥前守隆信と先代の長崎代官末次平蔵が手を組んで、台湾へ手を出したオランダへ抵抗した事件である。

武力で台湾の港を支配したオランダの司令官だったピーテル・ノイツが、すべての外国船に関税をかけると宣言した。

これに反発した松浦隆信と先代の末次平蔵が、台湾での行動を幕府へ認めさせようとして渡海したピーテル・ノイツの邪魔をし、家光への拝謁をさせなかった。

この行為に怒ったピーテル・ノイツが、台湾で末次平蔵の息のかかった浜田弥兵衛《はまだやへえ》の船を差し押さえようとし、争いになった。

このときピーテル・ノイツが浜田弥兵衛によって捕らえられ、そのまま長崎まで連れてこられることになった。

「利用できるな」

先代の末次平蔵と松浦隆信は、人質の返還を求めるオランダ東インド総督府に対し、「将軍が激怒しておられる。タイオワンの城を譲れば、今後は和蘭陀だけに交易を許すとも仰せられている」との偽書を作成、それを送りつけた。

ただこの偽書はオランダ東インド総督に見抜かれてしまい、あらためて使者が幕府に出され、顛末《てんまつ》が明らかになった。

「対応が悪かったのはピーテル・ノイツが浅慮であったからでございまする」

オランダは日本に対して、ピーテル・ノイツを人質として差し出し、ことの解決を図り、日本は先代の末次平蔵を江戸へ召喚、牢獄へ繋《つな》いだ。

「わたくしは存じませぬ」

当然、松浦隆信も取り調べられたが、幸か不幸か、大坂夏の陣に遅参したことを反省、将軍家に恭順の意を示したことを理由に、長崎の一件にはかかわっていないと言い逃れができた。

結果、松浦隆信はお咎めなし、末次平蔵は獄中死となり、この事件は国家をまたいでの壮大なものであったわりに、あっさりと片が付いた。

「なぜ、松浦に咎めがなかったのかは知っておるか」

「そこまでは」

さらに訊いてきた松平伊豆守に滝川大膳が知らないと答えた。

「噂もか」

「……噂を耳にはいたしましたが、あまりに荒唐無稽《こうとうむけい》でございましたので、信じるに値せぬと」

声を潜めた松平伊豆守に、滝川大膳は噂は聞いたが信じていないと述べた。

「噂ではない、あれが真実だ」

「……なんとっ」

滝川大膳が目を見張った。

「他言無用ぞ」

「聞かずに帰らせていただくというわけには」

さらに声を低くした松平伊豆守に、滝川大膳が無駄と知りつつ願った。

「余を笑わせたいのか」

「畏れ入りました」

滝川大膳が平伏して詫びた。

松平伊豆守が笑う。平伏するのは、今でもここでもない。平戸藩主松浦重信が下座に引き据えられ、上座に執政衆が並んだ評定の場だと滝川大膳は瞬時に悟った。

「静かに聞け」

「はっ」

もう滝川大膳は顔を上げられなかった。

「長崎代官を通じて密《ひそ》かに交易をおこない、利をむさぼっていた者こそ、土井《どい》大炊頭《おおいのかみ》である」

「…………」

大老の名前に滝川大膳は声さえ出せなかった。

四

人員の補充はなくとも、長崎奉行馬場三郎左衛門の命には応じなければならない。

「長崎奉行たる儂《わし》の指図は、御上のものである。それに対し、手を抜くとはなにごとか。

松浦は御上に思うところがあるととるぞ」

馬場三郎左衛門が言ってくるのはまちがいない。

「思うところなぞ、山ほどあるわ」

言い返せるならば言い返したい。

松浦の藩政を支えていたイギリス商館を平戸から奪われた恨みは、藩士だけでなく住民にも深い。

だが、そのような振りを見せただけで、平戸藩松浦家は滅ぶ。

「ご威光をもちまして、今日も当地は平穏でございまする」

見廻りの最中に長崎奉行所へ立ち寄り、幕府を讃える。

これを欠かすわけにはいかなかった。

「……では、これにて」

陪臣である弦ノ丞は、長崎奉行に呼び出されない限り、目通りできない。

門番にいつも通りの報告をすませ、弦ノ丞は踵《きびす》を返そうとした。

「待て」

門内から弦ノ丞へ声がかけられた。

「……これはお奉行さま」

長崎奉行所の玄関に馬場三郎左衛門が立っていた。

「来い」

あわてて片膝を突いた弦ノ丞を馬場三郎左衛門が呼んだ。

「ご無礼を」

門番に断りを入れて、弦ノ丞が小腰をかがめた姿勢で玄関式台に近づいた。

「御用を」

弦ノ丞が玄関式台の手前の土間に膝を突いた。

「異常はないか」

「今のところ表だっては」

弦ノ丞が馬場三郎左衛門の問いに答えた。

「先日、牢人どもに襲われたな」

「見廻りの最中ではなく、非番のおりでございました」

長崎辻番を狙ったものではないと、まず弦ノ丞は告げた。

「正確にどのようなものであったか。一応の報告はそなたから受けておるが、あらためて聞きたい」

馬場三郎左衛門が詳細を要求した。

「引田屋《ひきたや》をご存じでございましょうや」

「遊郭であるな」

「妓女《ぎじょ》をあげるだけではなく、料理だけでもあがれまする」

客として遊びに行ったわけではないと、弦ノ丞が付け加えた。

「そのようなことは、どうでもよい」

冷たく馬場三郎左衛門が要らぬ事情だと切って捨てた。

「申しわけございませぬ」

幕府の代表に不興を感じさせたならば、詫びるのが陪臣である。弦ノ丞はすぐに頭《こうべ》を垂れた。

「申せ」

「はっ。店を出て我らが宿としておりまする寺町へ向かおうとしばらく歩きましたところで、人気《ひとけ》がなくなるのを待っていたとおぼしき牢人どもに取り囲まれましてございまする」

「牢人は金を無心したのだな。たしか」

馬場三郎左衛門が先を急《せ》かした。

「はい。郭《くるわ》に行く金があるならば、こちらに合力してくれと」

「強請集《ゆすりたか》りの類いか」

「ではないかと」

独り言のように漏らした馬場三郎左衛門に、弦ノ丞が首肯した。

「牢人は何人であった」

「六人おりましてございまする」

「そなたたちは」

「三人でありました」

「ほう、倍する敵を蹴散らしたとは、なかなかやるの」

「お褒めにあずかり、恐縮いたしまする」

馬場三郎左衛門が褒め、弦ノ丞が一礼した。

「一人逃げたはずだが、行方はわかったか」

「あいにく」

「それはいかんの。そなたらしか、その者の顔を知らぬのだぞ」

「一応、お奉行所のお方にも人相はお伝えいたしておりまするが」

「そのていどでどうにかなるか。この長崎にどれほどの牢人がおるかわかっておろう」

「ご無礼をいたしました」

「他になにかなかったか」

詫びた弦ノ丞に馬場三郎左衛門がさらに訊いた。

「牢人の一人が、もと松倉家で槍《やり》一筋の家柄であったと。しかし、どこの大名家を訪れても松倉と言っただけで門前払いを受け、金も尽き飢えていたと訴えておりました」

重ねた質問に弦ノ丞が答えた。

「無意味なことを」

大きく馬場三郎左衛門がため息を吐《つ》いた。

「一揆を領内で抑えきれず、御上に扶《たす》けを求めた。これは戦に負けたも同じこと。敗戦した武士にはなにも残らぬのが、世の理《ことわり》である」

「仰せの通りでございまする」

馬場三郎左衛門の理に弦ノ丞も同意した。

「まあよい。牢人については、鋭意探索せい」

これ以上咎めても状況は変わらない。能吏として知られる馬場三郎左衛門は、それ以上弦ノ丞を責めなかった。

「わざわざ詳しく聞くほどのものではなかったの」

「はっ」

落胆の響きをこめた馬場三郎左衛門に、弦ノ丞が安堵の息を吐いた。

「ところで、斎」

「なにか」

弦ノ丞が馬場三郎左衛門を見上げた。

「引田屋で末次平蔵と一緒におったの」

気を抜いた弦ノ丞に馬場三郎左衛門が鋭く訊いた。

「…………」

一瞬弦ノ丞が気を呑まれた。

「どういたした。余に言えぬ理由でもあるのか」

馬場三郎左衛門の目が弦ノ丞を射貫《いぬ》くように見た。

「と、とんでもございませぬ」

あわてて弦ノ丞が表情を見られぬよう顔を伏せた。

「牢人どもに襲われましたときは、同行いたしておりませぬが……長崎代官の末次平蔵さまと引田屋で宴席をともにいたしました」

明らかにわかったうえで、馬場三郎左衛門は確認しに来ている。

弦ノ丞は隠すことなく正直に答えた。

「長崎代官と同席したのだな。どのような話をいたした」

「新たに長崎辻番を拝命いたしましたので、ご挨拶にお伺いしたときにお誘いをいただきまして」

馬場三郎左衛門が目をすがめた。

「誘った……なんと申してだ」

「親睦ということでございました」

弦ノ丞が述べた。

「親睦の。便利な言葉である」

「…………」

「実際はどうであった」

偽りごまかしは通じないと目つきを鋭くしながら馬場三郎左衛門が問うた。

「最初は長崎代官支配地である外町の巡回についてでございました」

長崎は内町と呼ばれる中心地を長崎奉行が、外町と言われる山に張り付いたような民家や寺社の多いところを長崎代官が支配するように分割されていた。

「わかる話である」

馬場三郎左衛門がうなずいた。

長崎辻番が江戸の辻番と同じような性質のものであれば、じっと一カ所から動かず、内町も外町もかかわりないのだが、馬場三郎左衛門の求めるような長崎の治安を維持するとなれば、そうはいかない。

不逞《ふてい》な輩と偶然出会うかもしれないという不確かなものだが、巡回することになる。そして、巡回するとなれば、どこからどこを担当するかも決めおかなければ、いざというときに軋轢《あつれき》を生む。

極端な話になるが、巡回範囲の外であれば、なにがあっても見て見ぬ振りですむのだ。

「見ていたのに……」

範囲が決まっていないと道義が絡むが、管轄外だと言いわけができる。

「我らが手出しするわけにはいきませぬ」

その齟齬《そご》を生まないために、弦ノ丞が末次平蔵と打ちあわせるのは当然であった。

「だが、それだけならば後で会わずともよかろう」

範囲をすりあわせるだけなのだ。それこそ代官屋敷の客間でできるし、小半刻《こはんとき》（約三十分）もかからない。

他に何があったかを馬場三郎左衛門が問うた。

「先代の末次平蔵さまのことについて、お話を伺いましてございまする」

あっさりと弦ノ丞は口にした。

本来遊郭のなかで話したことは外に漏れない。漏れるとわかっていれば、身分ある者は遊郭に行かないし、行ったところで酒も呑まず、妓《おんな》と閨をともにすることもなくなる。

男は酒と女に弱い。

ならば近づかなければいい。こうなれば遊郭はやっていけなくなる。遊郭や料理屋はそれがわかっているからこそ、口が固い。

だが、料理屋ならばまだしも、遊郭は奉行所の許可を得て、はじめて店を開くことができる。

「某《なにがし》がそちらへ行ったとき、誰と会い、どのような話をしたかを報告いたせ」

町奉行所からそう言われれば、従うしかない。

もっとも遊郭を営もうかという連中である。十二分に強《したた》かである。

「誰々さまと同席なさっておられましたがお声が小さく、聞き取れませず」

相手を教えるくらいで内容をごまかすとか、

「和蘭陀、英吉利《イギリス》、交易などを口になさっておられましたが、何分にも同席した遊女は字も書けませぬもので」

ものを知らない妓が座持ちしたため、なにを話していたかの内容はわからないと、責任を無知になすりつけるくらいはしてのける。

もちろん、このように対応してくれるのは、遊郭に金を落としてくれる上客だけである。

末次平蔵は引田屋の上客中の上客で、どのような便宜でも図ってもらえるだろうが、招かれて初めて登楼した弦ノ丞たちまで、そこに含めてもらえると考えるのは甘かった。

「ほう」

弦ノ丞の発言に馬場三郎左衛門が少しだけ目を大きくした。

「よきかの」

馬場三郎左衛門が満足そうに首を縦に振り、続けて求めた。

「どのような話であったか」

「たいお……」

「タイオワンであろう」

馴染《なじ》みのない言葉に苦労する弦ノ丞に馬場三郎左衛門が教えた。

「さようでございました。そのタイオワンで和蘭陀と先代の末次平蔵さまがなにやらあったと」

「ふむ。それで」

「ご当代の末次平蔵さまは、ご先代のなさったこととまったくかかわりがないゆえ、当家ともあらためて付き合いをいたしたいと仰せくださいました」

促された弦ノ丞が語った。

「あらためてのつきあいだと」

「はい。あいにくわたくしもつい先日まで江戸詰でございましたので、国元の様相には詳しくなく、仰せの意味がわかりませぬ」

嘘ではなかった。怪訝そうな馬場三郎左衛門に、弦ノ丞はそう応じた。

「そのことは国元へ報せたか」

「伝えましてございまする」

確かめた馬場三郎左衛門に弦ノ丞は認めた。

「国元から返答はあったか」

「いいえ、まだ」

弦ノ丞は首を横に振った。

「そうか。では、もう一つ」

馬場三郎左衛門がじっと弦ノ丞の目を見た。

「タイオワンの一件に松浦肥前守、先代のだが、かかわっておったという話は」

「……それはっ」

弦ノ丞が驚いた。

「ご先代さまが……そのようなことにかかわられるはずはございませぬ」

「江戸詰と申していたの。そうか、知っておるのだな」

否定する弦ノ丞に馬場三郎左衛門が納得した。

「身分が足りませず、御側《おそば》に侍るというわけに参りませなんだが、江戸屋敷にて先代にお仕え申しあげておりました」

弦ノ丞が顔色を変えながら、馬場三郎左衛門へと伝えた。

「少し待て」

馬場三郎左衛門がなにかに引っかかった。

「いかがなさいました」

弦ノ丞が尋ねた。

「そなた今の身分は」

「長崎警固準備の調べ役頭でございますが」

いきなりの質問に弦ノ丞が戸惑った。

「それは藩ではどのくらいになる」

「一応、番頭格《ばんがしらかく》とされておりまする」

辻番頭で手柄を立てたことと滝川大膳の姪《めい》を妻に迎えたことで、斎家の格はかなりあがっていた。

「番頭格で藩主の側にいなかったのか」

つじつまが合わぬと馬場三郎左衛門が疑問を呈した。

「先代さまがおられたとき、わたくしは平番士でございました」

平番士は藩でも下から数えたほうが早い。目見えが適《かな》うか適わないか、藩によって違うが、平戸藩松浦家ではお目見えとなっている。しかし、目見えが適うというのと実際に主君と会えるかというのは別の問題であり、よほどのことがなければ声もかけてもらえなかった。

「その平番士がなぜ番頭格に」

馬場三郎左衛門が説明しろと命じた。

「最初は辻番が御上のお指図で設けられたときに、その一人として選ばれ……」

「ずいぶんな出世じゃの」

話し終えた弦ノ丞に、馬場三郎左衛門が感心した。

「となるとだ……先ほどの松倉の牢人どもだが、ただの辻斬りとすませるわけにはいかぬの」

馬場三郎左衛門が難しい顔をした。

「なぜでございましょう」

弦ノ丞が首をかしげた。

「そなたとわかって襲ったのではないかという疑いが出て参ったからじゃ」

「わたくしを……」

よりわからないと弦ノ丞が困惑した。

「鈍いの。余のもとにも江戸の話は届いておる。御成の話がな」

「ご存じでございましたか。江戸でも噂にはなっておりませんでしたが」

　将軍が潰した藩の旧臣から襲われる。一種の復讐といえるが、将軍が決めたことに異を唱えるのはその権威を揺るがすとして、口止めをしたと弦ノ丞でもわかっている。

「長崎奉行には、江戸詰もある」

「……はっ」

　馬場三郎左衛門の言葉を聞いた弦ノ丞が間の抜けた声をあげた。

「知らなかったのか。長崎奉行は交代勤務ぞ。一年ごとに江戸と長崎を行き来する」

　もともと長崎奉行は一人だけであり、しかも交易船の来なくなる秋から春まで江戸へ戻っていた。それが島原の乱を受けて一人常在となり、代わりに交代の人員として一人増やされた。その増えた一人は江戸に待機し、長崎との遣《や》り取《と》りをしたり、執政たちとオランダ、清《しん》などの異国とどう付き合うか、交易の儲けにかける運上をどれくらいにするかなどの打ち合わせをしている。

「お二人の長崎奉行さま」

「もう一人ともいずれ会うことになる。大河内善兵衛《おおこうちぜんべえ》どのだ」

　唖然としている弦ノ丞に馬場三郎左衛門が述べた。

「大河内さまからお報せが」

「うむ。ことがあってすぐにいきさつを記した書状を寄《よ》こした」

馬場三郎左衛門のほうが先任になる。

「とはいえ、そなたのことまでは書いてなかったがの」

「はあ」

どう応じればいいか、弦ノ丞はわからなかった。

「……お奉行さま」

少しして、戸惑いから立ち直った弦ノ丞が、馬場三郎左衛門へ質問をしてもよいかと問うた。

「よいぞ」

許可なく発言するのは失礼にあたる。身分に隔たりがあるときの正しい対応をした弦ノ丞に馬場三郎左衛門が許可を与えた。

「わたくしへの恨みではないかとの仰せでございましたが、それはないかと」

「どうしてそう思う」

馬場三郎左衛門が理由を尋ねた。

「まず、わたくしと対峙《たいじ》した松倉の牢人はほとんどが生きておりませぬ。もし、生きていたとしても、御上のお手配を受けたのでございまする。箱根をはじめとした関所を潜《くぐ》ることはできますまい」

「抜け道というのは、いつの世でもあるものだぞ」

関所といえども万全ではないと馬場三郎左衛門が告げた。

「それとわたくしは引田屋を出たところで絡んできた牢人どもに、松浦家の者だと名乗っておりまする。黒田か佐賀の者だろうと言うて参りましたので」

「長崎で藩士と申せば、たしかに黒田か佐賀になるの。で、牢人どもの反応はなかったのだな」

「さようでございまする。平戸の者だと言いましたが、どちらにせよ引田屋で遊ぶくらいの余裕はあるだろう、それを寄こせと」

「ふうむう。それならば恨みという筋はないか」

馬場三郎左衛門も納得した。

「だが、それならば、より逃れた一人を捕まえねばならぬの」

「なぜでございましょう」

あらためてそう宣した馬場三郎左衛門に、理解できない弦ノ丞が言った。

「わからぬか。その生き残った牢人はどうする」

「長崎から逃げ出しましょう」

人が集まってきている長崎だが、牢人には厳しい。さすがに追い立てはしないが、町奉行所の役人も牢人らしい者を見かければ、呼び止めて誰何《すいか》くらいはする。

牢人で罪を犯した者がでたとなれば、より苛烈な詮議がなされる。また、長崎奉行所に目を付けられれば、この地を追い出されるとわかっているだけに、地回りや無頼も匿《かくま》おうとはしない。

なにより捕まれば、死罪なのだ。

逃げた牢人はできるだけ手配の回っている長崎から離れようとする。

「長崎を出た牢人はどこへいく」

「人の多い博多あるいは大坂でしょうか」

どちらもまだ幕府の力が完全にしみこんでいるとは言い難い土地であった。

「違うな。博多で生きていくには金が要る。そして大坂は遠い。それよりもかばってくれる者もいるうえに、長崎からそう離れていないところを選ぶはずだ」

「松倉の牢人をかばう……あっ」

言われて弦ノ丞が気づいた。

「そうじゃ。長崎から船で一日、山越えをしても二日から三日あれば着く」

馬場三郎左衛門が一度言葉を切った。

「旧松倉藩の城下、島原だ」

ゆっくりと馬場三郎左衛門が続けた。

「島原には旧松倉家の牢人が多くいるだろう。そこへ長崎で平戸の者が辻番をしていると知った者が逃げてきた。主君を武士として切腹させず、斬首したうえ家を取り潰した幕府への恨みを果たそうとした江戸の仲間たちの悲願を潰した松浦の者が、長崎の治安を担っている。はたして、島原に残っている牢人どもは黙っておるかの」

「…………」

淡々と語った馬場三郎左衛門の言葉に、弦ノ丞が息を呑んだ。

第三章　上役の無理

一

　江戸屋敷に帰着した滝川大膳は、御用部屋ではなく己の長屋へ戻った。

「旦那さま、どうなさいました」

　まず日のあるうちどころか、深更過ぎることも珍しくない夫の早い帰宅に、滝川大膳の妻が驚いた。

「お身体《からだ》の調子でも」

「大事ない。少し出ておってな、疲れたゆえ、茶をと思っただけじゃ」

　気遣う妻に滝川大膳が手を振った。

「お珍しい」

　いつもならば御用部屋で近侍の者たちに淹《い》れさせる夫が、わざわざ長屋まで足を運んで茶を求めた。妻が驚いたのも無理はなかった。

「そうかの。そなたの茶を飲みたくなっただけだが」

「……はい。ただちに」

少しだけ滝川大膳の顔色を見て、妻が茶の用意に立った。

「お待たせをいたしました」

妻が差し出したのは、抹茶であった。

「これは……」

滝川大膳も茶の心得くらいはある。茶碗《ちゃわん》に溢《あふ》れんばかりに淹れられていた濃茶に目を剝《む》いた。

「お代わりもございまする」

にこやかに妻が告げた。

「馬ではないぞ」

滝川大膳があきれた。

「それくらいでたりましょうか。旦那さまの憂いを祓《はら》うに……」

「……気づいたか」

言葉を添えた妻に、滝川大膳が嘆息した。

「何年、御側《おそば》にあるとお思いで。子もなした仲の夫婦でございまする」

妻が苦笑した。

「ふうう」

滝川大膳の肩から力が抜けた。

「そなたが嫁に来た日に勝てぬと思ったが、いや、三十年経《た》っても勝負にはならぬ」

「殿方が女子《おなご》に勝てるわけございませぬ。いえ、違いました。母に勝てるはずもございませぬ。母は子の分も人生を学ぶのでございまする。わたくしは旦那さまの四倍、人としての経験を積んでおりまする」

「子の分も……か。いただこう」

繰り返した滝川大膳が茶を一気に飲み干した。

「……ふうう。苦いな」

「これ以上は溶けぬというまで茶を使いましたゆえ」

顔をゆがめた滝川大膳に、妻が娘のようにころころと笑った。

「憂いはいかがでございますか」

「苦さに負けたわ」

問うた妻に滝川大膳が笑った。

「水をくれ」

「こちらに」

すっと妻が滝川大膳の前に新しい茶碗を出した。

「お代わりではなかったのか」

「そこまでわたくしは意地悪ではございませぬ」

妻が滝川大膳の疑いにすねた。

「すまぬ、すまぬ。そなたがあまりに可愛《かわい》かったものでな」

滝川大膳は久しぶりに心から笑った。

「……さて」

ぐっと水で口中の苦みを流した滝川大膳が腰をあげた。

「殿にお目通りをいたして参る。遅くなる」

「つつがなく」

宿老としての気迫を戻した滝川大膳を妻が見送った。


藩主というのは江戸城へ登城しない限り、暇なものであった。

「財政はどうなっておる。今年の米の稔《みの》りはいかがか。隣藩との国境でもめ事は起こっておらぬか。姫の嫁ぎ先としてふさわしい相手を探せ」

親政とばかりに口出しをしたがる藩主はいるが、これはよほどの傑物でないかぎり、かえって迷惑にしかならなかった。

当たり前のことだが、藩主になるには基本として教育が施される。算術も簡単な四則計算くらいはできるようにしつけられるが、物心ついたときから算盤《そろばん》だけを叩《たた》きこまれた勘定方の者にはかなわない。

「ここの勘定が違っております る」

計算間違いがあっても、それを指摘されれば、藩主の面目を潰すことになる。

「去年は大風が吹いた。今年もそうなるだろう。米は早稲《わせ》を植えさせよ」

などと思いつきで農政をされては、大事になる。

台風が本当に来ればいい。来なければ、早稲のぶん成りが悪くなる。収穫が二割近く減ることもある。

「お指図に従って、早稲を植えて損をしたというに、年貢を変わらず取っていかれては、飢えるしかございませぬ」

被害を受けた百姓の恨みが出る。

だからといって、年貢の減免を認めてしまえば藩政が成り立たなくなる。なにより知行所を与えられている家臣たちが困る。

「少し減らす」

さすがに全額は厳しいと減額したところで百姓の不満は減らないし、減額したことで収入を減らされた家臣もたまらない。

「要らぬことをなさる」

家中に不満が溜《た》まり、それは熾火《おきび》のようにくすぶる。

藩主親政はよほど本人が優れていなければなりたたないのだ。

しかし、優秀な主君ほど、頼ることを知っている。

「落とし紙が一荷でいくらだなど、知っても意味はない」

「余がすべての田畑を見て回ることはできぬ」

できる藩主ほど家臣をうまく使う。

「算勘は預ける」

「気になるところだけを報告いたせ」

勘定方、郷《さと》方に任せて、己は結果だけを聞き、今後どうすべきかを専門家に諮問する。

「すべての責は余が負う」

つまるところ賢君ほど、主君の役割をわかっている。

「………」

松浦重信のもとへ向かいながら、滝川大膳は苦悩していた。

「名君のご気質があられる」

滝川大膳の悩みは、松浦重信が優秀だというところにあった。

「先代さまのように愚かであられても困るが……」

先代の松浦隆信は、その祖父鎮信《しげのぶ》に遠く及ばず、イギリス商館の商人から、

「ドノ、フール」

訳して「馬鹿との」と呼ばれるほど愚昧《ぐまい》であった。

祖父鎮信が、イギリスやオランダとの交易を拡大するために、施設の拡充や運上の適正化などをおこない、

「ジャパンのルクルス」

古代ローマの名政治家になぞらえられたのに比して、孫は祖父の功績を次々と潰し、三代、四代先を見こした利益を、今すぐに取り立てるという無謀をした。

「タイオワンのことなど放っておけばよかったのに」

滝川大膳が苦い顔をした。

交易の利をもっと吸いあげるために先代長崎代官末次平蔵を使って、台湾、マカオ、上海《シャンハイ》などと取引を繰り返した。

「たしかに、藩財政は豊かになった」

小さく滝川大膳が呟《つぶや》いた。

交易を重ねるほど、利は増える。海沿いの山地と離島を所領にする松浦家は米の成りがほとんど望めなかった。

家臣の禄《ろく》も米ではなく、金で支払っているほどである。

そしてその金で博多で米を買いこみ、平戸へ持ってきて藩士たちは生活をしていた。

金があれば大量に米を買える。米が取れない土地だけに、備蓄は必須である。不作になれば、米の値段は当然あがるし、なにより売ってもらえなくなる。売るだけの余裕がなくなってしまうことも施政者は考えておかなければならない。その点からいけば、松浦隆信は名君であった。

ただ、やり過ぎた。

いや、注意力が足りなかった。

金をもたらしてくれる末次平蔵にしっかりと取りこまれた松浦隆信は、その悪巧みに加担してしまった。

末次平蔵が台湾における権益をより強化すべく、イギリスを相手取ったのに松浦隆信も加わってしまった。

結果、末次平蔵は幕府によって捕らえられ、獄中で死ぬ羽目になった。なんとか松浦隆信はお咎《とが》めなしになったが、それでも幕府に目を付けられたのはまちがいなかった。

「殿」

「入るがよい」

江戸家老といえども、御座《ござ》の間には許可なく入れない。

滝川大膳の訪れを松浦重信は許した。

「お他人払《ひとばら》いを」

「ふむ。よかろう。一同、遠慮いたせ」

松浦重信がうなずいた。

「なにがあった」

近習《きんじゅ》、小姓を遠ざけた松浦重信が滝川大膳に問うた。

「先ほど松平伊豆守さまのお召しに応じておりました」

「聞いておる」

滝川大膳の状況は松浦重信に伝えられていた。

老中首座の呼び出しを藩主が知らないというのはまずい。後日、江戸城で松平伊豆守と松浦重信が会ったとき、会話がなりたたない可能性が出てくる。

「先日は、かたじけのうございました」

もし呼び出しが慶事に繋《つな》がる内容だったとき、礼を口にしないというのは無礼になる。

「お気遣いに感謝いたしまする」

それ以外でも声をかけたというだけで謝意を示さなければならない。それだけ外様大名と老中の間には大きな格差があった。

「…………」

いつものように一礼して離れていくというわけにはいかない。嫌な予感を抱えたまま松浦重信は滝川大膳の話を聞かなければならなかった。

「どのようなお話であったか」

「ご先代さまのことで」

「父のことか」

聞いた松浦重信の眉間にしわが寄った。

「今さらなんだと」

松浦重信が先を促した。

「償えと」

「なにを償うのだ。すでに松浦は平戸から英吉利《イギリス》商館を奪われた。これ以上なにを償えというのか」

滝川大膳の言葉に松浦重信が立腹した。

「残念ながら、御上《おかみ》は平戸から交易を取りあげたことを咎めとは思っておられないようでございまする」

「なんだとっ」

松浦重信が絶句した。

「御上から松浦家に与えられた石高は六万石、いくら離島と山が迫る海沿いの土地しかないとはいえ、実高に近いくらいはございまする」

「交易の利は石高外」

「おそらく御上は交易の利を松浦のものとは思っておられない」

啞然《あぜん》とした松浦重信に滝川大膳が続けた。

「御上が得るべき利に便乗した松浦家の厚顔」

「馬鹿なことを申すな。松浦が苦労に苦労を重ねて和蘭陀《オランダ》や英吉利と交渉し、ようやく結んだ交易であるぞ」

滝川大膳の言い分に松浦重信が激怒した。

「それを御上がお気になさるとでも」

「先祖の苦労を……」

淡々と言う滝川大膳に嚙《か》みつきかけた松浦重信が勢いをなくした。

「毛利、長宗我部《ちょうそかべ》と同じか」

どちらも関ヶ原の合戦で徳川に敵対したことで、先祖代々の土地を奪われている。潰された長宗我部と違って、毛利はまだ存続しているが本国の安芸を取りあげられ、代わりに与えられたのは元高の三分の一にも及ばない長州であった。

「……伊豆守さまの要求は」

数回呼吸を繰り返した松浦重信が気を落ち着けて問うた。

「土井大炊頭さまが隠し交易にかかわっておられたという証《あかし》を手に入れよと」

滝川大膳が告げた。

「無茶を言うな。大炊頭さまといえば、先代上様のご信頼篤《あつ》い功臣ぞ。なにより、今でも大老として幕政を指導なされているお方。松浦ごときがどうこうできるものではないわ」

松浦重信が強く首を左右に振った。

「伊豆守さまの仰せでは、大炊頭さまのお力も江戸付近のみにしか届かぬと」

「江戸付近のみ……」

述べた滝川大膳の顔を松浦重信が見つめた。

「長崎まで手は届かぬと」

「……長崎っ。待て、国元からの報告があったな」

松浦重信が手を上げて滝川大膳を制した。

「辻番《つじばん》のことでございましょう」

「そうじゃ、たしか長崎奉行馬場三郎左衛門どのから命じられたと」

滝川大膳に水を向けられた松浦重信が思い出した。

「当家の者が長崎辻番を命じられた途端に、伊豆守さまからのお話じゃ。まさかと思うが……伊豆守さまがすべてを仕組まれたというのではなかろうな」

松浦重信が不安そうに瞳を揺らした。

「さすがにそれはございますまいが……」

「あの御仁ぞ。どこまで知恵が届くかわからぬ。それに島原の乱では、長崎まで足を伸ばしておられる。長崎の事情に詳しくても不思議ではない」

「たしかに……」

滝川大膳も揺らいだ。

「とにかく、伊豆守さまのお指図とあれば動かざるを得ぬが、状況をしっかり把握しておかなければ、しくじりかねぬ」

「はい」

松浦重信の意見に滝川大膳も同意した。

「なれば、まずは長崎奉行馬場三郎左衛門どのと伊豆守どのとのかかわりがあるかないかを調べるべきじゃな。お二人に深い繋がりがあれば、今回の長崎辻番のことも伊豆守さまの差配を疑わねばならぬ」

「ただちに人をやって調べましょう」

滝川大膳が首肯した。

二

馬場三郎左衛門との遣《や》り取《と》りは、弦ノ丞をへとへとにしていた。

「……かなわぬ」

三宝寺へ戻った弦ノ丞は、貸し与えられている庫裏《くり》の一室でため息を吐《つ》いた。

「いかがなされた。ずいぶんとおくたびれの様でござるが」

非番の志賀一蔵が弦ノ丞の姿を見て、近づいてきた。

「いやあ、格が足りぬ、重みが足りぬというのを思い知りましてござる」

もう一度嘆息して弦ノ丞が応じた。

「格と重み……ああ、お奉行さまにお目通りをなさったのでございますな」

志賀一蔵が気づいた。

「さすがは要地長崎を預けられるお方じゃ。そもそも未熟な拙者では話にならぬ」

弦ノ丞が肩を落とした。

「なにかしくじられましたかの」

「しくじりとは」

志賀一蔵に問われた弦ノ丞が顔色を変えた。

「そこまで切羽詰まったことはそうそうございませぬぞ」

弦ノ丞の変化に志賀一蔵が驚いた。

「ど、どのようなことでございましょう」

「さようでございますな。もっともまずいのが、神君家康公を罵る」

「そ、そんなことは口が裂けても」

徳川すなわち幕府にとって開祖というか初代というか、とにかく家康は神になぞらえられるほど大切であった。まちがえてでも家康の批判を口にすれば、それがどれほどの名門、大大名であろうとも無事ではすまなかった。

もちろん、それは身分が低くなるほど罪が重くなる。陪臣が家康の悪口を言えば、主君ともども切腹、家は改易となる。

「では、馬場さまに斬りつけた」

「とんでもないことを」

弦ノ丞が必死で否定した。

「ならば、あとはさほどではございませんな」

志賀一蔵が、小者の差し出した白湯碗《さゆわん》を受け取って、口に含んだ。

「おう、すまぬな」

同じく差し出された碗を弦ノ丞も受け取った。

「……ぷはっ」

緊張から喉の渇いていた弦ノ丞は一気に白湯を呷《あお》った。

「少しは落ち着かれたかの」

無言でお代わりを要求して茶碗を小者に突き出した弦ノ丞へ、志賀一蔵が笑いかけた。

「……はい」

気恥ずかしそうに弦ノ丞がうなずいた。

「さて、ではお話を伺いましょうぞ。覚えている限り、馬場さまとのお話を教えていただきたい」

志賀一蔵が促した。

「し、承知」

迫ってくる志賀一蔵に気圧《けお》されながらも、弦ノ丞は馬場三郎左衛門との会話をできるだけ思い出して語った。

「……というところでござる」

「なるほど」

聞き終わった志賀一蔵が、顎に手をかけて思案に入った。

「いかがでござろうか」

弦ノ丞は不安げに問うた。

「問題はございますまい」

「拙者の言動でお家になにかご迷惑がかかるということは……」

「多少、馬場さまに翻弄されて迂闊《うかつ》な返答をなされたところもございまするが……」

「ひっ」

弦ノ丞が息を呑《の》んだ。

「大事ございますまい。馬場さまも斎どのが、長崎辻番の頭でしかないことをおわかりでございますゆえ。これが熊沢さまや滝川さまのようなご家老となれば、その言に家の浮沈がかかりましょうが」

「長崎辻番は小者だと」

「はい」

少しだけ苦い顔をした弦ノ丞に、志賀一蔵が首肯した。

「格が軽い」

「はい。なればこそ責任も軽《かろ》うござる」

確かめた弦ノ丞に志賀一蔵が手を振った。

「安堵《あんど》したわ。なれど、どこが悪かったのであろう」

息を吐きながらも、弦ノ丞が気にした。

「馬場さまからのご質問、ご依頼などすべてに答えるのではなく、国元と相談してからご返事を差しあげると言われるべきでございました」

「その場で返答せよと仰せのときは」

「わたくしにはその権がございませぬと」

弦ノ丞の危惧に志賀一蔵が返した。

「それでもとのお求めならば、お答えいたしてかまいませぬ。権はない、すなわち効力を持たない返答でしかないと、あらかじめ申しあげておりますゆえ、後々問題になったとしてもいくらでもごまかせましょう」

「責任を取らぬと最初に念を押したではないかと」

「そっちが求めなければ、こちらは答えなかった……と」

志賀一蔵がなにを言いたいのかを、弦ノ丞は理解した。

「責任は負えませんとの意味もございまする」

もう一つ志賀一蔵が付け加えた。

「まさに。家老に相談しないとと申しておりますからな」

弦ノ丞が納得した。

「……しかし」

少し間を空けて志賀一蔵が難しい顔で話を蒸し返した。

「長崎代官さまとのことを厳しく詮議なさいましたな」

「管轄の違いはどうなのでございましょうなあ」

二人が顔を見合わせた。

「今後もお呼び出しはございましょうな」

「おそらく」

逃げた牢人《ろうにん》のこともある。馬場三郎左衛門が弦ノ丞をこれで放免にするとは思えなかった。

「おぬしはどう思う」

弦ノ丞が組頭としての立場で、志賀一蔵に訊《き》いた。

「松倉の残党どもの行方についてでございますか」

「それよ」

確認を求めた志賀一蔵に弦ノ丞がうなずいた。

「多くはいずこへと散りましたでしょうが、一部は国元に潜んでおるやも」

「あるか。松倉は一揆《いっき》で潰れたのだ。在所に家臣が残れるとは思えぬが」

弦ノ丞が首をかしげた。

藩が潰れたことで牢人となった者は、大きく分けて三つの道を取る。

一つは伝手《つて》を頼るなり、先祖の功績を表にするなりして、再仕官を求める。うまくいけば侍として子々孫々まで生きていけるが、仕官の口自体が少ないだけにもっとも困難であった。

次が武士を辞めて、牢人のまま寺子屋の師匠や、写本、傘張りなどの内職で糊口《ここう》を凌《しの》ぐ。簡単なだけに、この道を取る者は多い。

最後が郷入り、あるいは在所と言われる帰農であった。縁のある百姓を頼って田畑を借りたり、分けてもらって耕す。簡単に見えるが、在所の百姓との仲が悪ければ、相手にもしてもらえない。百姓一揆を起こさせるほど圧政をしてきたのだ。百姓が松倉へ抱《いだ》く恨みは深い。

「受け入れる百姓がいればでございますが」

「あっ……」

そう言われて弦ノ丞が目を剝いた。

島原の百姓はその多くが乱に参加、原城跡に籠もり幕府に抵抗して、皆殺しに遭っている。つまり、島原には持ち主を失った田畑が余っていた。

「恨みを持つ百姓がいなければ、帰農組は相当いる……」

「おりましょうな」

志賀一蔵が首を横に振った。

松倉家は表高四万三千石であった。

「御上への忠誠を」

豊臣の家臣でありながら、関ヶ原で徳川家康に与《くみ》し、大和《やまと》国五条二見《ふたみ》城主に任じられた。その後も徳川に仕え、大坂の陣でも活躍、肥前日野江《ひのえ》へ加増転封された。

その恩を強く感じた松倉重政は、四万三千石ながら十万石の負担を幕府に請い、城もお手伝い普請も軍役も実高の倍とした。

当然、藩士の数も多い。足軽までいれて松倉は三千人ほどの家臣を抱えていた。

その三千人が野に放たれた。改易の理由が理由だけに、再仕官はほとんどできなかったため、相当数の牢人が国元に残っている。

「我らの夢を絶ったのは平戸藩松浦家の辻番で、そやつは今長崎にいる」

逃げ出した牢人が島原へ戻り、そう広めれば、

「おのれ、許すまじ」

「長崎だと。ならば長崎奉行にも一泡吹かせてくれるわ」

さすがにすべての牢人が動くわけではない。

「もう疲れた」

「ようやく物成が見込めるようになったのだ。これからは百姓として生きていく」

煽動《せんどう》に乗らない者も出てくる。

いや、そちらのほうが多い。一揆勢として参加した百姓も女子供までは連れていっていない。そんな帰ってこなかった夫、父、兄をあきらめた女たちが、働き手として松倉の牢人たちを受け入れている。

「腰抜けが」

「武士としての矜持《きょうじ》じゃ」

すでに乱から日が経ち、それぞれの生活ができていても、恨みを呑みこめない者はいる。

「百は来まいが……」

「奉行所が気づきますな」

弦ノ丞の推測を志賀一蔵が認めた。

長崎奉行所は、今、島原の乱に参加しなかったキリシタン、牢人たちに気を尖《とが》らせている。そこへ血相を変えた牢人が数で押し寄せればどうなるかなど、言うまでもない。

「止まれ、どこへ行く」

そんな悠長な誰何《すいか》をするほど馬場三郎左衛門は甘くない。

「放て」

もともと長崎奉行所の下僚は少ない。その代わり鉄炮《てつぽう》や弓は十分に置かれている。それらを出して、問答無用で駆除にかかる。

「当家の者も遅れるな」

当然、黒田家、鍋島家の警固たちも出てくる。ここで働かねば、馬場三郎左衛門が黙ってはいない。江戸の松平伊豆守へ報告が出され、たちまち藩の名に傷が付く。

小さな戦《いくさ》になるが、それでも牢人が不利である。一日もあれば、援軍が数百、千と集まってくる。

結果、多少の損害を長崎に与えるていどで、松倉家の牢人は全滅することになる。

「三々五々か」

「おそらくは」

目立たぬ数で牢人たちが長崎へ入ってくると考えた弦ノ丞に、志賀一蔵が同意した。

「何用じゃ」

牢人を嫌う長崎だが、拒絶はしていなかった。

「荷揚げ人足を」

「普請場の手伝いを」

平戸のイギリス商館を潰し、出島《でじま》のオランダ交易だけに絞ったことで、長崎に商人が集まってきている。

交易の荷として出すものを運んできた船の荷を揚げる人足、店を建てる大工、左官、その下働きの人足が全然足りていないのだ。

「馬鹿なまねをするなよ」

そう釘《くぎ》を刺して長崎は牢人を受け入れている。

そうすることで牢人の不満を解消しているところもある。人というのは、毎日飯が食えれば、そうそう体制に刃向かおうとは考えない。

「馬場さまが、それにお気づきでないとは思えぬ」

「ええ」

志賀一蔵が表情を真剣なものにした。

「試す……」

「……はい」

二人の考えが一致した。

「手が足りぬというのに……」

弦ノ丞が大きくため息を吐いた。

「松浦が本心で御上に従うかどうかの試金石」

静かに入りこんでくる松倉の牢人を見つけ出せるかどうかを、馬場三郎左衛門は試しているとと二人は危惧していた。

「手を抜けば、馬場さまから御上へ、松浦は忠誠に欠けると連絡が行く」

「それはそうでございまするが、そちらはそれほど問題ではございますまい。人手は足りませぬが、怪しげな牢人どもを誰何していけば、あてていどなんとかなりましょう」

志賀一蔵が目つきを鋭いものに変えた。

「長崎代官さまとの付き合いをどうするか、それこそ馬場さまの狙い」

弦ノ丞も目をすがめた。

「どうなさる」

「国元の指示を待つしかあるまい」

尋ねた志賀一蔵に何度目になるかわからないため息を漏らしながら、弦ノ丞は国家老熊沢作右衛門へ報告するために、本日の会見の内容を書状に記した。

三

一人逃げ出した松倉牢人は、日見峠《ひみとうげ》をこえて島原へ逃げ込んだ。

「止まれ」

長崎から島原半島への入り口愛野《あいの》村をこえると番所があった。愛野は暴徒と化した一揆勢を押しとどめるために、地元の庄屋や郷士が防柵を構築して抵抗した場所《ところ》で、有明川《ありあけがわ》とそれに迫る段丘に囲まれ、少数で多数を相手取るに適した狭隘《きょうあい》な場所である。潰された松倉家に代わって、島原の領主となった高力摂津守忠房《こうりきせっつのかみただふさ》は愛野を過ぎてすぐの土井口《どいぐち》に番所を置いて、人の出入りを監視していた。

「何者か」

「旧松倉藩家中座西五郎《ざにしごろう》と申す」

「松倉の牢人か」

誰何を受けて名乗った牢人を番士がうさんくさそうな目で見た。

「なにをしに参った」

「帰農仕《つかまつ》ろうと考えて戻った次第でござる」

目的を問われた座西五郎と名乗った牢人が答えた。

「百姓になると」

「さようでござる」

「それは重畳である」

番士の表情が少し柔らかくなり、突きつけられていた槍《やり》の穂先が下がった。

高力家は徳川家譜代名門であった。関ヶ原の合戦、大坂冬の陣、夏の陣で活躍した他に家康の好んだ鷹狩《たかが》りの手配で名をあげ、浜松四万石に封じられていた。

「荒廃した島原を立て直し、長崎の警固、西国大名の監察、これらを任せられるのは、摂津守のみである」

三代将軍家光からとくにと選ばれて、浜松から移封してきた。

「上様のご信頼に応じずして、なんの譜代か」

高力摂津守は意気込んだが、島原の荒廃は予想以上であった。

一揆衆と幕府方の兵が争いを繰り返したことで田畑は荒れ果て、それを修復し耕す百姓は殺されている。

「一年の年貢を免除する」

島原に入った高力摂津守は、打ちひしがれる生き残りの百姓に労働意欲を蘇《よみがえ》らせるため、無収入を覚悟した政策を打ち出したが、焼け石に水でしかなかった。

たしかに生き残っていた百姓たちはやる気になったが、それでもすべての田畑をどうにできるほどはいない。

「牢人たちを百姓として受け入れる」

切羽詰まった高力摂津守は思い切った手に出た。

牢人は徳川へ恨みを持つ者である。主家を潰された、あるいは減禄されたなどの理由で藩籍を失い牢人となった。

それを徳川家でも指折りの譜代名門が受け入れる。それも家臣ではなく、田畑農業の労働力としてである。これが仕官となれば、話は変わる。武士とは主君を持つ者で、禄を給付してもらう代わりに奉公をする。要は、禄をくれる相手がなによりも大事になる。たとえ旧主家を潰した大名であっても、仕官したとなれば敵ではなく、守るべき者になる。

しかし、百姓となれば話は違ってくる。

高力摂津守が打ち出した年貢一年免除は、そのとき島原に残っていた百姓、すでに武士をあきらめて帰農していた松倉牢人たちへの温情であり、後から参加してきた者へは認められなかった。

当たり前である。年貢不要では、大名がやっていけなかった。

金がなければ政は何一つおこなえず、家臣たちの生活も保障してやれない。

「不満でござる」

一年だからこそ、藩士たちも我慢してくれるが、これが二年、三年となれば、恩と奉公が壊れる。なにせ、恩がなされず、奉公だけを強要されることになるからだ。

天下は徳川家のもとで一つになったとはいえ、まだ乱世の空気は色濃く残っている。幕府は忠義という形のない紐《ひも》で武士たちを縛り付けようとしているが、それに反発する者はいる。君君足らざれば、臣臣足らずという言葉はまだ生きていた。

「これにて御免」

食べていけなければ、君臣の関係など続くはずもない。

家臣が高力摂津守を見放して、辞めていく。

「やれ、情けなきお方じゃ」

大名が家臣に見限られる。かつて黒田長政《くろだながまさ》が重臣後藤《ごとう》（又兵衛《またべえ》）基次《もとつぐ》に見限られたとき、天下の大名は競って後藤基次の獲得に動いた。

「貴殿の価値をおわかりにならぬというのは、あまりでござる」

「旧主以上の待遇をご期待くだされ」

無双の武将として知られた後藤基次を勧誘する者たちは、婉曲《えんきょく》に黒田長政をけなし、人を見る目のない者と嘲笑した。

「奉公構いをいたす。後藤を抱えられるならば、当家と一戦交えるお覚悟をもってあたられたし」

怒り心頭に発した黒田長政が、戦をするぞと宣言したことで、後藤基次を抱えることを皆あきらめた。まだ大坂に豊臣はあるが、天下は徳川のもとで統一されている。ここで私闘を起こせば、喧嘩《けんか》両成敗で家が潰される。

結果、後藤基次はどこの大名にも受け入れてもらえず、大坂の陣で豊臣方に加わり、敗死した。

それでも黒田長政の悪評は残った。

高力摂津守も同じことになりかねなかった。

「喰《く》うに困っている牢人どもを使って、田畑を回復させよ」

牢人に田畑を扱う能力はないが、それでも荒れ田を耕すくらいのことはできる。慣れの要る農作業は残っていた百姓たちに任せて、少しでも早い農地回復をと高力摂津守は、どこもが嫌う牢人を受け入れていた。

「縁者はおるのか」

伝手がなければ、すぐに飢えることになる。まだ島原に余裕はなかった。

関所の番人が問うた。

「同僚や親戚がいくたりか」

「ならばよい」

番人が座西五郎の通過を認めた。

「城下に入る前に番所がある。そこを通るには、腰のものを外さなければならぬぞ」

牢人を城下に入れてはなにをするかわからない。一人で辻斬り強盗をするくらいならばまだいいが、それこそ密《ひそ》かに集合して蜂起でもされれば大事になる。

「そなたを信頼して島原の地を預けたというに……」

家光の怒りを買うのは必定、それこそ高力家は潰される。

「承知」

座西五郎はあっさりとうなずいた。

「通れ」

番人に送られて、座西五郎は関所をこえた。

「刀を取りあげるだと。ふざけたことを」

牢人にとって刀は、己が武士だという最後の拠《よりどころ》であった。食べていけず、刀を手放す者もいるが、それをするくらいならば死んだ方がましだと、牢人のほとんどは思っている。それに刀がなければ、脅しも強請《ゆすり》も斬り盗り強盗もできなくなる。

「金を払ってくれるわけではなかろうしの」

さすがに正宗《まさむね》だ、備前長船《びぜんおさふね》だという銘刀を持っているわけではないが、それでも先祖伝来の刀なのだ。ただでくれてやる気など端《はな》からなかった。

「城下へ入るまでに誰かを見つけねば……」

番人の目が届かなくなるのを待って、座西五郎は周囲を見渡しながら歩いた。

「あれは……百姓か」

見事な腰つきで鍬《くわ》を振るう姿は、昨日今日のものではないと知れる。

「訊くか……」

あの百姓に、松倉の牢人を知らないかと問うのが早いと一瞬座西五郎が考えた。

「いや、それはまずい」

島原の百姓にとって松倉の牢人は疫病神のようなものである。圧政を布《し》いて、一揆の原因を作りながら、それを抑えこむことさえできず、幕府の介入を招いた。

その結果、島原から百姓の姿は激減し、田畑は荒れ、生き残った者にその負債すべてがのしかかってきたのだ。

「…………」

街道沿いを必死に探したが、見つかるのは百姓ばかりであった。

「そうか」

ここにいたってようやく座西五郎は気づいた。

街道や川などに近い耕しやすい土地は、残っていた百姓によって押さえられており、牢人たちは条件の悪い山間《やまあい》や海沿いに押しやられている。考えてみれば当然であった。

「山間に行くか」

島原は半島であり、そのほとんどは山であった。

もと松倉藩の家臣であっただけに、どこが物成の悪い土地というのは、わかっている。

座西五郎は、あぜ道をたどった。

「……いたな」

かなり歩いたところで、座西五郎は一心に田畑に生えた雑草を刈っている背の高い男を見つけた。

「おおい」

警戒されぬように、大声をあげて座西五郎が男に手を振った。

「……誰だ」

男が立ちあがって、座西五郎を睨《にら》んだ。

「座西じゃ。もと松倉家で大手門番中頭をしていた」

「……座西。変わった名字だが、覚えはある。拙者はお船手番を務めていた川崎丹三郎《かわさきたんざぶろう》だ」

名乗られたら返すのが武士の礼儀であった。

「で、何用じゃ。食いものはないぞ」

無心は断ると川崎丹三郎が先手を打った。

「安心してくれ。食いものの手持ちはないが、金なら少しある」

そう言って座西五郎が銭入れを出し、振って音を立てた。

「……ならばよいが、では、なにをしにきた。おぬしも帰農を望むのか。ならば城下へ行け。城下の番所へ行けば、農方の役人のもとへ案内してくれる。まあ、薦めはせんがの。すでによい土地はなくなっておる。このように水のない痩せた土地を宛がわれることになる」

川崎丹三郎が、ため息を吐きながら周囲を見回した。

「帰農する気もない」

「……なにしにきた」

首を左右に振った座西五郎に、川崎丹三郎の目つきが変わった。

「おぬしは、このままでよいと思うのか」

「……蜂起の誘いなら断る。もう、槍も刀も失った。今は鍬と鎌を手に畑で生きる百姓だ」

川崎丹三郎が手を振った。

「蜂起……そんな勝ち目のないことをするほど暇ではない。少なくとも島原城を落とすには、数千人数が要る。それほど牢人が集まるのを幕府が見逃すわけがないからな」

警戒されたことに座西五郎が苦笑しながら言った。

「では、よけいにわからぬの。このような山奥へ拙者を訪ねてきた理由が」

川崎丹三郎が困惑した。

「おぬしは江戸での話を聞いておったか」

「江戸での話……」

座西五郎の問いに、川崎丹三郎が怪訝《けげん》な顔をした。

「そうか、知らぬか」

ため息を吐いて座西五郎が落胆した。

「なあ、最近、江戸から戻ってきた連中はおらぬか」

「江戸からか……何人かはおるぞ」

座西五郎に訊かれた川崎丹三郎が思い出した。

「どこにおる」

「つい先日のことだからな、割り当てられたのは、ここよりまだ西だ」

「西……」

「ああ、山越えをして向こうだ」

「山の向こうに田畑などあったか」

座西五郎が首をかしげた。

「新田開拓だと」

「……新田。できるのか。海が近いぞ」

いくら農事に疎い武士とはいえ、塩が作物の敵であることくらいは知っている。

「江戸者は、こちらに知人がおらぬからの。援助が受けられぬ。ゆえに高力家も冷たい」

「……当然か」

川崎丹三郎の話に、座西五郎も納得した。

高力家にしてみれば、島原は最悪の地であった。田畑は荒れ、人はいない。そのうえ、江戸にはかなり遠いのだ。徳川家康が出世のきっかけとした浜松は、東海道と遠州灘《えんしゅうなだ》を抱え、人や物が動き、温暖な気候のおかげで豊作に恵まれている。なにより、江戸まで五日もあれば着く。参勤交代も楽で、金がかからない。

まさに天と地の差があった。

その高力家が島原へ追いやられた原因を作ったのが松倉家なのだ。人手が足りぬゆえ受け入れてはいるが、心中穏やかなはずはなかった。

「切り捨てても惜しくない連中は、そうなるのも当然か」

座西五郎が苦笑した。

「そっちへ行ってみる」

「今からだと日が暮れるぞ」

川崎丹三郎が忠告してくれた。

「泊めてくれるか」

「……ただでは困る。妻がおるでな」

問うた座西五郎に川崎丹三郎が目をそらしながら告げた。

「食いものは出す。粥《かゆ》と菜の漬物だけだが」

「いくら出せばいい」

座西五郎が金額を尋ねた。

「百文くれぬか」

「それは取り過ぎだ。百文あれば、長崎で泊まれる」

木賃宿で三十文から六十文、朝晩付きの旅籠《はたご》でも百二十文ほどだせば、なんとかなる。

座西五郎が首を左右に振った。

「金がないのだ。もう売るものもない。布が要る。衣服の破れを繕いたい。ようやくこまで耕したが、まだ収穫には暇がかかる。もと同僚の誼《よしみ》で頼む」

川崎丹三郎が頭をさげた。

「事情はわからんでもないが、こちらも余裕がない。それだけ渡せば、こっちが喰えなくなる」

金に余裕があったならば、長崎で追い剝ぎのまねごとなんぞするはずもなかった。

「………」

きっぱりと拒んだ座西五郎に川崎丹三郎が黙った。

「止《や》めておけ。その鍬で人を殺せぬとは言わぬが、刀には勝てぬぞ」

ねめつけるような目つきになった川崎丹三郎を座西五郎が制した。

「金が要る、金が要るのだ」

「おまえだけではない、誰でも生きていくには金が要る」

座西五郎がすっと腰を落とした。

「だからといって、人を殺《あや》めてまでと思えるかどうか。それが境目じゃ。一揆のときとは違うぞ。あのときは、藩命で百姓を斬った。命じられたという逃げ道があった。仕方なかったという心の落としどころもな。しかし、斬り盗り強盗は違うぞ。己の意思で人を斬る。このていどの金のために人を殺したと、さいなまれるぞ」

「…………」

述べる座西五郎に川崎丹三郎の目から剣呑《けんのん》な色が薄れた。

「おぬしは……」

「両手で足りぬくらい襲ったぞ。さすがに文無しはいなかったが、懐を探っても数十文というときもあった。一度飯を喰って酒を呑めば終わる。人の命が一夜の代金にしかならぬのだぞ。つまり、おぬしもおぬしの妻もそのていどなのだ」

「拙者の価値が数百文……」

川崎丹三郎が息を呑んだ。

「なにを今さら驚いている。おぬし、先ほど百文で吾《われ》を殺そうとしたではないか」

「うっ」

指摘された川崎丹三郎が詰まった。

「……すべてを捨て去ることができるか」

「すべてとは」

あらためて問われた川崎丹三郎が困惑を見せた。

「ここまで耕した田畑、そして妻よ」

「捨てられるわけなかろう」

川崎丹三郎が即座に首を横に振った。

「なら、人殺しをするな。人を殺せば殺される。拙者ももともと一人ではなかった。六人で組んで遊所通いの金持ちを襲い、数十両を手にし、分け合っていた。それが今は一人だ。その意味はわかるな」

「…………」

言われた川崎丹三郎が震えた。

「ではの」

座西五郎が手を振って、去っていった。

四

江戸の松浦重信からの急使が、国元に着いた。

「他見をはばかるとの仰せでございまする」

油紙で何重にも包まれたうえ厳重な封緘《ふうかん》を施された書状を、熊沢作右衛門はまず押し戴《いただ》いた。

「下がって休め」

「確かにお渡しをいたしましてございまする」

退出を許可した熊沢作右衛門に、念を押してから急使が御用部屋を出ていった。

「皆も遠慮いたせ」

「はっ」

続けて他人払いを命じられた近侍や役人たちが従った。

「拝見仕る」

もう一度書状を押し戴いて、熊沢作右衛門が開いた。

「……げっ」

読み始めた熊沢作右衛門が絶句した。

「伊豆守さまのお指図とあれば……逆らえぬ」

読み終えた熊沢作右衛門が瞑目《めいもく》した。

「斎に負担をかけることになるな」

ことがことである。事情を知っている者は少ないにこしたことはない。

「長崎への補充はできぬことになった」

平戸藩には手痛い思い出があった。

寛永十六年（一六三九）に事情があって藩を放逐された旧臣の浮橋主水《うきはしもんど》が、平戸藩はキリシタンを匿《かくま》っていると幕府へ訴えたのだ。

幸い、島原の乱における平戸藩松浦家の活躍、松浦重信の弁明が功を奏し、訴えは却下された。平戸藩はお咎めなしとなったが、その二年後平戸商館は閉鎖の憂き目に遭った。

「譜代の恩があろうとも家臣は放逐されれば敵に回る」

浮橋主水の一件は、藩の執政たちに大きな衝撃を与えた。

交易の利を失った平戸藩松浦家の財政は悪化の一途をたどっている。藩主松浦重信が、改革や新田開発を進めてはいるが、どれも成果が出るには年数がかかる。

今、困っている藩が最初に手を付けるのは、藩士の減禄であった。

「三分の一を返せ。いずれ藩の財政が好転すれば元に戻す」

空手形を切って、藩士の禄を減らす。

これはすぐに効果が出る。なにせ支出が大きく減るのだ。

「許しがたき失策である」

続いてわずかな失敗も見逃さず、藩士を放逐する。

これはもっと大きな効果を見せる。そもそも戦国乱世の影響で、藩を維持するのに十分以上の家臣を抱えている。戦がなくなれば兵が不要になるのは当然の理《ことわり》、しかも減禄ではなくて放逐となればそのぶんの支出が永遠になくなる。

「思《おぼ》し召《め》すことこれあり」

やがて味を占めた藩は、罪なき者にも手を出す。

藩主に嫌われた、執政に盾突いたなど、理由とも言えぬ理由で家臣を辞めさせる。

「なんと情けなきかな。重代のご奉公を無になさるとは」

追い出された藩士が恨みを持つのは当たり前であった。

「長崎に人手を出してやれぬとなれば……金で援助してやるしかないが」

金さえあれば、地元で雑用の小者を雇ったり、噂《うわさ》に詳しい者と付き合うこともできる。

「だが肝心の金がない」

藩庫にはまだ交易の利が積まれている。まちがいなく、近隣のどの大名よりも余裕はあった。しかし、ここから平戸藩松浦家は落ちぶれていくのだ。商館を失ったぶんを取り戻すには、何代もの期間と莫大《ばくだい》な金が要る。

今、藩庫に残されている金は、平戸藩松浦家の未来《さき》の礎であり、一両たりとて他の用途に使うわけにはいかなかった。

「勘定奉行にも話せぬ」

いかに国家老といえども、藩庫の金を持ち出すことはできなかった。執政衆の納得を得たうえで、勘定奉行の許可を取らなければならなかった。

「金を出せと言えば、なにに使うと問われるな」

当たり前である。自在に金を出し入れできれば、勘定奉行の意味はなくなる。それこそ家老のやりたい放題になってしまう。

「しかし、これは話せぬ」

熊沢作右衛門が唸《うな》った。

「間借りを解消したいとの申し出さえ、却下されている」

長崎辻番という役目をするには、寺町は少し不便であった。また、ことと次第によっては、夜中でも夜明けでも出ていかなければならない。間借りしている寺への迷惑になる。場所を変え、気兼ねしなくていいように自前の屋敷を持ちたいという、弦ノ丞の要求は当然のものであった。

「……どういたすか」

国家老とはいえ、熊沢作右衛門も自己負担で金を出すほどの余裕はなかった。

「殿のお名前を使わせていただくしかないか」

熊沢作右衛門が嘆息した。

「どのくらいならば、勘定方が認めるか」

藩は当主のものではないという考えに、最近変わってきている。かつては主君が気に入らなければ、牢人をして新たな仕官先を探すのが当たり前であった。

だが、それも泰平になると減った。

「槍を遣えば……」

「大坂の陣で兜首《かぶとくび》を三つ獲《と》りましてござる」

武名を誇ったところで、それの使い先がなくなっている。

「手元不如意につき、禄の一部を召しあげる」

藩が一方的に通告し、家臣はそれを拒めなくなった。

つまり、家臣から縁は切りにくくなったが、藩は遠慮なくそれができる。

「お家のため」

この大義名分が天下を支配し始めていた。

「取り潰す」

そこへ幕府が多くの大名を潰した。

「馬鹿な当主では、幕府に潰される」

「家がなくなれば、我らは牢人じゃ」

家臣たちの護《まも》るべきものが替わった。

今までは当主であった。当主が死ねば家は衰退する。今川義元《いまがわよしもと》、織田信長、豊臣秀吉と一代の武将が死んだだけで、今川家、織田家は没落、豊臣家は滅んだ。

弱肉強食の乱世では当たり前で、だからこそ家臣たちは当主を命がけで守護した。

それが泰平で変化した。当主が死んでも跡継ぎがあればいい。それこそ元服さえすませていれば、寝小便をしようが、女狂いであろうが、足りない部分は家臣が補うことで家を継げる。家さえ無事ならば、家臣たちは喰える。

要は当主が気に入らなければ、家臣が首をすげ替えられる時代になった。

言い換えれば当主の力が大いに弱まった。

「金を出せ」

命じればすんだことが、

「こうこういう理由で金がどれだけ要る。出してくれ」

藩の金は当主の思うままにできなくなった。

「いかほどならば、勘定奉行が納得するか」

松浦重信の名前で勘定奉行が黙認する金額を熊沢作右衛門は思案した。

熊沢作右衛門が苦吟しているころ、妻津根《つね》からの書状が弦ノ丞のもとへ届いた。

「奥方からの文とはうらやましい」

「まさにまさに。我らほどにときを重ねると文など寄《よ》こしませぬ」

田中正太郎と志賀一蔵が弦ノ丞を冷やかした。

「勘弁していただきたい」

からかわれた弦ノ丞が照れた。

「どれ、田中氏、熱気にあてられる前に退散いたすとしましょう」

「はい」

二人が気を遣って出ていった。

「………」

苦笑を浮かべながら、弦ノ丞は一礼した。

「どれ……」

油紙をほどいた弦ノ丞は、なかに二通の書状があることに怪訝な顔をした。

「これは津根の書蹟《しょせき》だが、こちらには名前もない」

一つは津根のものであったが、もう一通は差出人不明であった。

「気になるが、まずは津根のものから……」

今まで嫌というほど騒動や面倒に巻きこまれてきた。怪しいものに近づくのは少しでも遅くしたいと弦ノ丞が考えたのも当然であった。

「お久しゅうございまする」

柔らかい文字が津根の姿を弦ノ丞の脳裏に浮かべさせた。

「……無事であるか」

懐妊している津根の身体を慮《おもんぱか》って、江戸へ残してきた。

そもそも津根は江戸家老滝川大膳の姪《めい》でありながら、身体が弱かったことで婚期を逃していた。

「姪を娶《めと》ってくれぬか」

家老の一族と縁を結ぶなど、斎の家系では望めることではなかった。しかも滝川は、かの有名な織田信長の家臣滝川一益の子孫にあたり、藩主家でさえ気を遣う名門である。その姫と呼んでもおかしくない津根が徒士《かち》に毛の生えたていどの弦ノ丞の妻となったのは、辻番としての手柄の褒賞であった。

身体が弱かったこともあり、津根は名門の娘にありがちな傲慢さはまったくなく、控え目な性格であった。それを気に入った弦ノ丞は津根を愛《いと》しく思い、ていねいに扱った。また津根もそんな弦ノ丞を慕ってくれ、夫婦の仲はいい。

「孕《はら》みましてございまする」

蒲柳《ほりゅう》の質の津根が顔を赤らめて報告してきたのは、二人が夫婦となって二年近く経ってからであった。

「手柄じゃ、津根」

武家は跡継ぎがなければ絶える。

子供のことはいざとなれば、養子を取ればいいと考えていた弦ノ丞は報《しら》されたとき、大喜びした。

「お供を」

「なにかあっては、取り返しがつかぬ」

今回の国元への帰還に津根も付いて来たがったが、それを弦ノ丞は止めた。

「元気で過ごしているか」

津根の手紙を読んで弦ノ丞はほっと安堵した。

「逢《あ》いたいの」

弦ノ丞が呟いた。

「あと一年少しか」

津根が子を産むまでは、あと三カ月もない。そこから産後の肥立ち、子供が落ち着くまで一年ほどはかかる。国元に呼ぶのはそれからになった。

「待ち遠しいことよ」

津根の手紙を優しく包み直しながら、ため息を吐いた。

「……さて」

弦ノ丞がぐっと肚《はら》に力を入れた。

「こちらだな」

名前の書かれていない書状の封を開けた。

「………………」

無言で読み終えた弦ノ丞が呆然《ぼうぜん》とした。

「なんということを……」

力なく首を左右に振った。

書状は滝川大膳からのものであった。滝川大膳は津根が夫に出す手紙に紛れさせて、松平伊豆守の密命を届けさせたのだ。

「……無視はできぬ」

すでに藩主松浦重信の許しも出ている。老中首座と主君の命を拒むことはできなかった。

「二人にも知ってもらうしかないか」

いかに長崎辻番の頭をしているといったところで、一人でなんでもできるわけではないし、わけのわからない指図を出せば、配下の不審を招く。

弦ノ丞には配下の不審で痛い目に遭った記憶がある。

「志賀どのと田中どのから、疑いの眼差《まなざ》しを向けられるのは辛《つら》い」

江戸で辻番を始めたころからの同僚で先達でもある。弦ノ丞は、志賀一蔵と田中正太郎によって育てられたとも言える。

いわば恩人であった。

「よし、二人になら明かしても問題はあるまい」

弦ノ丞が決断した。

滝川大膳は長く江戸家老を務め、幕府との遣り取りもこなしてきた辣腕で経験豊かな執政である。清濁併せ呑む器量もあるし、いかに手柄を立てたとはいえ平士に姪を嫁に出すという思い切った決断もできる。

「要りようならば、いたしかたなし」

そう滝川大膳が同意すると弦ノ丞は思った。いや、思いこんだ。

「もうよいかの」

「そろそろ廻《まわ》り番のころでござる」

離れていた志賀一蔵と田中正太郎がちょうど戻ってきた。

「御両所、少しよろしいかの」

「……なんでござろう」

「承ろう」

弦ノ丞の雰囲気が硬いことに気づいた二人も、表情を引き締めた。

「まずは、これをお読みいただきたい」

「よろしいのか」

滝川大膳の書状を差し出した弦ノ丞に志賀一蔵が確認した。

「妻の私信に同封されておったものでござる」

弦ノ丞が告げた。

「拝見仕る」

志賀一蔵が書状を開いた。

「これはっ……」

目を通した志賀一蔵が驚愕《きょうがく》した。

「田中氏に」

二人が揃《そろ》って読んでから話をすると、弦ノ丞が志賀一蔵を制した。

「なにやら、怖《おそ》ろしいことでござるの」

そう言いながら田中正太郎が書状を受け取った。

「……………」

田中正太郎が絶句した。

「藩命でござる」

弦ノ丞が、二人の、そして己の逃げ道を断った。

第四章　それぞれのあがき

一

馬場三郎左衛門の経歴を調べていた滝川大膳が、その結果に息を呑《の》んだ。

「長崎奉行をされる前は、長崎代官をなさっていただと……」

滝川大膳が頭を抱えた。

「長崎代官をなさっていたとなれば、まちがいなく先代の末次平蔵がなにをしでかしたか、おわかりのはずだ」

先代の末次平蔵は、江戸へ召喚されてそのまま入牢《じゅろう》、そして牢死している。

「まずいものは始末しておけ」

己が殺される、あるいは咎《とが》められるとわかっていれば、そう配下に命じて証拠隠滅をはかることもできたであろうが、まったくそう考えていなかったならば、後始末なんぞできてはいなかっただろうし、危ないと感じていても、一蓮托生《いちれんたくしょう》の土井大炊頭が助けてくれる、もしくは自力でごまかしきれると自信を持っていたならば、何一つ片付けはしていなかっただろう。

「前任の者が残したものをすべて差し出せ」

そこへ馬場三郎左衛門が着任、要求すれば、たちまちに悪事の証《あかし》もすべて集まったであろう。

「そのようなものはございませぬ」

「これだけでございまする」

抵抗する末次平蔵の手下もいるだろうが、

「牢死いたしたわ」

そう言われるとそれ以上逆らわなくなる。

牢死というのは表向きで、幕府の都合が悪いから殺したというのが、暗黙の了解となっているからである。

なにより死人に忠義を尽くしても、得るものはない。殉死したところで、末次平蔵の子孫が長崎代官になりでもしない限り無駄死にになる。

牢死という名の刑死だとわかっている。跡継ぎがいようがいまいが、末次平蔵の血統は長崎代官にはなれない。

何の利もないとわかってしまえば、よほど深くまで末次平蔵の悪事にかかわっていない限り、あっさりと馬場三郎左衛門へ寝返る。

「長崎で調べさせたところで、さほどのものは出てこぬ」

滝川大膳が嘆息した。

「もし、なにかあったとしても馬場さまがしっかりと握っておられるか、破棄したかのどちらかだ。まさか、馬場さまに問い合わせるわけにもいかぬ」

小さく滝川大膳が首を横に振った。

「問題は……伊豆守さまじゃ」

滝川大膳が難しい顔をした。

「殿にご相談申しあげるしかない」

家老の求めとあれば、藩主は応じなければならない。執政にはそれだけの権威が与えられていた。

「面倒ごとか」

「はい」

嫌そうな顔をした主君に、滝川大膳がうなずいた。

「聞かぬわけにもいかぬか。申せ」

ため息を吐《つ》きながら松浦重信が命じた。

「馬場さまをお調べいたしましたところ……」

「……むうう」

滝川大膳の説明を聞いた松浦重信がうめいた。

「あからさまに罠《わな》ではないか」

「まずそうかと」

滝川大膳も認めた。

「…………」

「どのように話を進めましょうや」

黙った松浦重信に、滝川大膳が問うた。

「今さらお断りはできぬぞ」

松浦重信が松平伊豆守の許可はでないと告げた。

「いけませぬか。当家の力では及ばずと……」

「無理に決まっておるわ。それこそ罰が下されるぞ」

「まさか表沙汰にできないことを命じておきながら、当家に咎めを下すと」

顔色を変えた松浦重信に、滝川大膳が怪訝《けげん》な顔をした。

「さすがに改易とか、減封はない。転封ならばかえってありがたいが、それもないな」

松浦重信が首を横に振った。

執政の密命を断ったからという理由で、大名をどうにかすることはできない。

「このような仕打ちをなさるとは。なれば、一蓮托生でござる」

怒った大名が、その密命を他の執政に訴え出たり、江戸城中で公然と執政批判を始めたりした場合、咎め立てた老中が痛い目に遭う。

「そのようなことを」

密命の内容を知った他の老中が敵に回ったり、

「恥をさらしおって」

将軍の不興を買うことになりかねない。

「ならばよろしゅうございましょう」

咎められないなら、断れるだろうとふたたび滝川大膳が言った。

「今すぐにはという意味じゃ」

「……いずれと」

「そうよ。ほとぼりが冷めたころにお手伝い普請を命じられるとか、賦役を新たに押しつけられるとかな」

「長崎警固を担当する大名はお手伝い普請をせずともよいはずでございまする」

異国船に備えるという役目はかなり大きな負担になる。そのため、長崎警固に任じられている西国大名はお手伝い普請から外されていた。

「やりようはいくらでもある。一度長崎警固から外して、お手伝い普請を命じ、終わればまた長崎警固へ戻す」

「……むう」

ありえるだけに滝川大膳は唸《うな》るしかなかった。

「そこまでせずとも、長崎 湊《みなと》の拡大とか、警固のための大型船の建造を命じるという手もある」

「それも長崎警固の範疇《はんちゅう》だと」

滝川大膳があきれた。

「執政というのは、それくらいの理屈をこねる頭もあるし、それをねじ込むだけの権力も持っている。なにより、執念深い」

「執念深い……」

「そうでなければ、執政にまではあがれぬ」

松浦重信が嘆息した。

「では、どういたしましょう。斎への指図はいかようにいたせば」

「事実だけを報《しら》せよ。それ以外は現場の者に任せるしかない」

「よろしいのでございまするか」

あまりに手薄ではないかと滝川大膳が驚いた。

「他にどうしようもあるまい。長崎は江戸から何百里も離れているのだぞ。状況の変化があるたびに報せを出させ、一々こうしろああしろと指示を出すことなどできまい」

「たしかにできませぬが……」

松浦重信の言葉を、滝川大膳が認めた。

「なればこそ、斎に任せるのだ」

「お考えはわかりましてございまするが……それではいささか」

「斎の身分が軽いか」

「はい」

滝川大膳が首肯した。

「馬廻《うままわ》りから辻番頭《つじばんがしら》と、やむを得ぬとはいえ、一度格落ちもさせておりまする」

「であったか」

難しい顔を松浦重信が見せた。

馬廻りは戦場で藩主の警固と伝令を務める。辻番頭は新設されたばかりのうえ、配下の辻番が騎乗身分ではないこともあり、せいぜい徒頭《かちがしら》というあたりでしかなかった。

「そうよな、長崎で自在に動くとなれば、組頭格くらいは要るの。そなたの姪婿《めいむこ》でもあるしの」

少し松浦重信が考えた。

「よし、当家のなかだけのことではあるが、中老格組頭にしてやろう」

中老は家老、用人の下で、藩政にかかわることのできる上士になる。ただ格が付いているため、一段低く、執政として政に加わることはできなかった。

「……畏れ入りまする」

「不満なようじゃの。まったく、そなたも姫には甘いの」

礼を言うまでに一拍の間を置いた滝川大膳に、松浦重信が苦笑した。

「わかった、わかった。身分に釣り合う禄《ろく》をくれてやる。そうよな、二百石でいいな」

「かたじけのうございまする」

弦ノ丞への加増を滝川大膳が勝ち取った。

もっとも平戸藩松浦家には、浮橋主水の一件で連座された藩士の禄が還付されていたので、弦ノ丞に加増してもまだ余剰は残っていた。

六万石の松浦家で二百石といえば、立派な上士であった。

「ただし、禄の分は働かせよ」

「承知いたしましてございまする」

松浦重信の念押しに滝川大膳が手を突いて頭《こうべ》を垂れた。

弦ノ丞と志賀一蔵、田中正太郎の三人は、落ち着きを取り戻すために一夜かかった。

「あらためて、いかがいたせばよい」

当番の辻番を送りだしたあと、弦ノ丞が本堂の中央で志賀一蔵と田中正太郎との話し合いを始めた。

「馬場さまに知られるのはまずかろう」

志賀一蔵が秘密裏に進めるべきだと言った。

「すなおに伊豆守さまからのお指図だと明かしてはいかがかの。ご老中首座さまからのご依頼だとわかれば、馬場さまもお力添えくださろう」

田中正太郎が反対のことを口にした。

「それはよろしくなかろう」

志賀一蔵が首を横に振った。

「馬場さまが、伊豆守さまとは別のお方の引きであられたならば、要らぬことを知らせてしまうことになる」

「ご老中首座さまと敵対している者などおるか。ましてや、長崎奉行という要職に配下を押しこめるだけの力を持っているなど……」

そこまで言った田中正太郎が気づいた。

「土井大炊頭さまか」

「うむ」

田中正太郎の口から出た名前に、志賀一蔵が首肯した。

「あり得る、あり得るが、今の大炊頭さまにそれだけのお力があるか」

「ないとは申せぬだろう」

志賀一蔵が田中正太郎の疑問を否定した。

「天下とともに土井大炊頭を譲る」

秀忠から家光へ将軍職が譲られたとき、そう言われたと噂《うわさ》されるほど土井大炊頭の能力は高い。

「なにをしておる。それで上様をお支えできるか」

「執政というものは……」

松平伊豆守、阿部豊後守など今の老中たちも土井大炊頭から、政のいろはを教えてもらった。

「はい」

「仰せの通りでございまする」

最初のうちは先達の指導をおとなしく受けていても、やがてうるさくなってくるのが人というものである。

「伊豆、伊豆」

とくに将軍家光から頼りにされている松平伊豆守に、

「いかに上様の御諚《ごじょう》であろうとも、そのまま従っていては執政の意義はなくなる。ご意見申しあげてこそ、執政である」

などと忠告をしたりすると、

「上様のお言葉は絶対でございまする」

忠誠を捧《ささ》げている松平伊豆守は反発する。

「うるさいお方だ」

「上様をないがしろにするなどと」

老中のほとんどは、家光の寵愛《ちようあい》を受けた者であり、秀忠のころから執政として働いてきた者は土井大炊頭と酒井雅楽頭《さかいうたのかみ》くらいしかいない。

こうなれば力関係も変わってくる。

数は多い方が有利なのは、戦《いくさ》でも政でも同じであった。

結果、土井大炊頭、酒井雅楽頭は大老という名誉を与えられた代わりに、諮問を受けたとき以外は政に携わらなくてもよいという、一種の棚上げ状態にされた。

それでも過去に辣腕を振るった影響は残っている。

幕府の役人のなかに、土井大炊頭の引きや影響を受けた者は多い。少しずつ排除してはいるが、まだまだ完全ではない。

「尻大名どもが」

家光の閨《ねや》に侍《はべ》ったことで、人もうらやむ出世を遂げた松平伊豆守や阿部豊後守、堀田加賀守らへの風当たりは強い。

　家光の人物眼を侮ることになるとわかっているのか、いないのか、松平伊豆守たちが能力はないのに、その寵愛で老中になったと見ている者は多い。

「執政になりとうございまする」

　なかには、松平伊豆守らが家光に睦言《むつごと》で強請《ねだ》ったと思いこんでいる者もいる。

「苦労知らずの蛍」

　尻の御光で出世したことから、松平伊豆守らは蛍に比喩されていた。

　当然ながら、閨でかわいがるのと実務は別の話であり、そのあたりを家光はしっかりと区別している。松平伊豆守、阿部豊後守、堀田加賀守らは大名になったが、同じく家光の閨に侍った者でも旗本のままという者も少なくはない。

　それをわかっていても、妬むのが人であった。

　その一人が土井大炊頭であった。

　土井大炊頭はもと知多半島を領有していた水野信元《みずののぶもと》の末子であった。そして水野信元の妹、土井大炊頭の叔母が徳川家康を産んだ於大《おだい》の方になり、土井大炊頭と徳川家康は従兄弟《いとこ》同士になった。

　だが、父の水野信元が、武田家との内通を疑われて処断された。これは後に織田信長の家臣佐久間信盛《さくまのぶもり》による讒言《ざんげん》とわかるが、死人は戻ってこない。

「そちが育てよ」

まだ子供だった土井大炊頭を家康は、土井利昌《としまさ》に預けた。

そして土井大炊頭は、利昌の実子たちを差し置いて土井家の家督を継ぎ、秀忠誕生と同時に七歳で傅役《もりやく》という名の遊び相手を務める。その後は秀忠の将軍就任に伴って、幕政に加わり、立身出世を続けた。

秀忠死後も、家光の補佐という名目で、殉ずることなく執政を続けていた。

いわば、土井大炊頭自身も家康の従兄弟という出自で重用された贔屓組《ひいきぐみ》であった。

松平伊豆守らにもっとも近い経歴を持ちながらも、土井大炊頭は敵になった。

「先代の意を盾にして」

なにより家光が土井大炊頭を嫌っていた。

家光と秀忠の仲の悪さには、筋金が入っている。秀忠はやはり正室から生まれた家光の弟忠長をかわいがり、三代将軍の座を与えようとしていた。

二代将軍がそう考えているとなれば、周囲もそれに倣う。

家光が高熱を発して伏せっていても、誰も看病しない。薬の時間になっても担当の小姓は忠長の側《そば》で甘言を垂れている。

こんな目に遭って、子供がまっすぐ育つわけはなかった。

「三代は嫡男が継ぐものである」

結果は徳川家康の裁断で家光が三代将軍となったが、しこりはしっかりと残った。

秀忠と家光の間は修復不能となり、忠長は駿河《するが》一国を与えられていたが、謀反の罪をかぶせられて改易、自害させられた。

「政は土井大炊頭に預けよ」

秀忠が将軍職を譲るときに土井大炊頭を家光の監視に押しつけた。

本来ならば、取り立ててもらった主君の隠居に従うべきであった土井大炊頭は、秀忠の言葉に沿って、家光の政に口を出し続けた。

「…………」

家光は「躬《みども》の天下を」と思いながらそれに耐えるしかなかった。

天下の政は、気合いだけでどうにかなるものではないとわかっていたからだ。

「加判の列に加われ」

とはいえ、いつまでも秀忠の嫌がらせに近い土井大炊頭の政を見ているつもりはない。

家光は、子供のころから寵愛してきた松平伊豆守らを引きあげた。

「命に代えましても」

松平伊豆守らは見捨てられていた家光に付けられるていどの家柄でしかなく、皆旗本とは名ばかりであった。それを引きあげて、大名、老中にしてやったのだ。

家光への忠誠は絶対である。

「ごもっともでござる」

最初は土井大炊頭の指図通りに動いていたが、

「それはいかがかと」

経験を積むと土井大炊頭へ言い返すようになる。

結果、御用部屋は土井大炊頭と松平伊豆守らの二つに割れた。

「疲れたであろう」

もう、十分に松平伊豆守らも天下の執政としての力を持った。

家光は土井大炊頭と酒井雅楽頭を不要と断じた。が、だからといって改易や減禄にするわけにはいかなかった。それだけの理由がない。それどころか褒賞を与えて、今までの苦労をねぎらわなければ、家光に人は付いてこなくなる。

「長年の出仕をねぎらう。伊豆守どももそなたたちのお陰で一人前になった」

「畏れ多いことでございまする」

こう家光に言われれば、反論できなくなる。

「いえ、まだまだ」

などと言おうものならば、今まで何をしていたとなる。秀忠の遺命は政を補任せよというだけではなく、後進を育てよという意味も含んでいる。

「そなたたちの功をねぎらおう。そなたたちを大老に任ず。ついては毎日の登城はせずとも良い。国家大計の案があるときだけ登城いたせ」

大老という名ばかりの役目に任じ、現場から遠ざける。

本来ならば、土井、酒井のどちらも潰したいくらい腹立たしい家光だが、我慢をせざるを得なかった。

土井大炊頭は家康の従兄弟、そして酒井家は徳川家と祖を同じくする兄弟のような家柄であり、どちらも格別な扱いを受けてきたのだ。

もちろん、家光が潰す気になればできる。将軍にその権はあるが、まちがいなくそれは天下に乱を起こす。

ようやく島原の乱を収めたばかりである。そこに徳川家でお家騒動を起こすわけにはいかなかったし、家康の息子である尾張《おわり》徳川義直《よしなお》、紀州徳川頼宣《よりのぶ》と、家光に成り代わるだけの人物がいる。

「家光に将軍たる資格なし」

徳川義直、徳川頼宣のどちらかでも、土井大炊頭、酒井雅楽頭に付けば、島原の乱をこえる内乱になる。

ゆえに家光は土井大炊頭と酒井雅楽頭を処断できず、名を与える代わりに力を削《そ》いだ。

「馬鹿にすることよ」

言うまでもなく、土井大炊頭も家光の考えはわかっている。いや、家光に仕えるようになってすぐに気づいていた。いつか切り捨てられる。

「手を打っていないと思うな」

もともと土井大炊頭は家光に対し、忠誠も恩義も感じていなかった。

土井大炊頭にとって恩人は、秀忠一人であった。

「養子に行け」

水野家が潰れたときに家康は土井大炊頭を助けた。

「ふん、水野を見捨てておいて」

まだ小さかった土井大炊頭だったが、やがて徳川家が大きくなるにつれて、その裏にあることを見抜いた。

水野信元は、徳川家康によって見捨てられたのだ。でなければ、佐久間信盛による讒言で水野信元が腹を切ることはなかった。

たしかに水野家の者が、武田方へ寝返った岩村城へ兵糧を売ったのはたしかであった。しかし、これは咎められるほどのものではなかった。

そもそも水野家は織田家や、徳川家の家臣ではなかった。

尾張の織田、三河の松平の間にあった大名であった。もっとも知多半島を有し、津島《つしま》という湊を使えるとはいえ、独立した大名としてあり続けるのは難しい。水野家も今川家に属して、織田に対抗していた。

そして、織田の進行を食い止めるために、水野は松平との縁を強くする策をとった。

それが於大の方と松平広忠《ひろただ》との婚姻であった。

この婚姻で家康が生まれたのだが、その後、水野信元は織田へと鞍替《くらが》えした。

「裏切り者の妹を妻にはできまじ」

今川家への言いわけとして、松平広忠は於大の方を離縁した。

そこまでして今川への義理を果たした松平に、桶狭間《おけはざま》の合戦が決断を求めてきた。

「織田と手を組むべきぞ。今川の倅《せがれ》に太守の器量なし」

家康のもとへ織田との同盟を持ちこんだのが水野信元であった。

「よしなに願う」

伯父の勧めにしたがって、家康は織田との同盟を組んだ。

いわば水野家は松平と同じ立場であった。

その水野家がわざわざ三河、尾張をこえて武田家と手を組む。できないわけではないが、もし織田なり、松平なりに攻められたとき、水野は孤立する。

「援軍を出す」

戦国の決まりである。配下に入った国人領主を守るのが戦国大名の義務、武田信玄がそうしようとしても、松平、織田、あるいはその両軍を蹴散らさなければ、知多半島まで兵を送ることはできない。

つまりは水野信元の寝返りはあり得ない。

だが、寝返りを家康は信じた。信じた振りをした。

織田信長にしても徳川家康にしても、水野信元は不要になっていたのだ。

知多半島は海に突き出た半島であり、水の便が悪く、潮風が厳しい。そのため物成が悪かった。ただ、それを補って余りある利を交易で得ていた。

津島湊と桑名《くわな》、伊勢を結ぶ伊勢湾の海運を水野家は握っていた。

「欲しい」

海運の生み出す財を織田信長は欲した。

今川から独立したばかりで、一風吹けば倒れそうだった松平家を織田との同盟をもって守ったことを水野信元はいつも口にしていた。

たしかにその通りであったが、そのたびになにかと無理を押しつけられた家康は、不満を持っていた。

「いつまでも恩を言うな」

両者の思惑が交差し、水野信元は裏切り者とされた。

「秀忠さまには引きあげてもらった恩がある」

土井家は出自さえ明らかでない小身でしかなかった。それを秀忠は大名にして、さらに老中にしてくれた。

まさに松平伊豆守らが家光に感じているのと同じ恩を、土井大炊頭は秀忠に持っていた。

「暗愚なり」

秀忠は家光の性質を見限っていた。

「将軍たる覇気なく、覚悟なく、ただ世を恨む」

家光を秀忠はそう評していた。

「忠長もよきとは言えぬが、まだまし」

かわいがっていた三男の忠長も土井大炊頭は買ってはいなかった。

「将軍たるは保科《ほしな》に預けたる四男」

秀忠は侍女に手を付けて産ませた末子こそ、跡継ぎにふさわしいと感じていた。

なれど、それは叶《かな》わない夢であった。

武家は正統がものをいう。正室の産んだ子供がいるならば、どれほど年長であろうが、どれほど優れていようが、庶子は跡継ぎになれない。

ましてや秀忠の正室は、かの織田信長の姪であり、豊臣秀吉の養女なのだ。織田信長も豊臣秀吉もすでに死んでいるとはいえ、乱世をまとめあげたとの名声は今でも確固として生きている。

「離縁する」

「正室から側室へ落とす」

将軍となった今、秀忠にはそれをするだけの権はあるが、やればまちがいなく天下の大名たちの反感を買う。

そうでなくとも関ヶ原の合戦に遅刻した秀忠は、武断を誇りとする大名たちから侮られている。

なにより秀忠は妻である江与《えよ》を恐怖していた。

秀忠には長男がいた。侍女に戯れで手を出して産ませた男子、長丸《ちょうまる》と名付けられたその子は、二歳になったばかりで死んだ。

「夜泣きが酷《ひど》い。疳《かん》の虫が強いのでしょう。疳の虫には灸《きゅう》が効くと言います」

そう口にした江与によって、長丸は全身に灸を据えられて熱死した。

「父としてお別れをなされませ」

江与に呼ばれた秀忠は、全身に黒焦げの跡を散らした吾《わ》が子の死に姿に恐怖した。

「こいつは、躬をも殺しかねぬ」

秀忠は、妻の閨で一睡もできなくなった。また、妻と一緒に食べる飯は喉を通らなくなった。

「忠長はかわゆうございましょう」

「そうじゃの」

秀忠に容姿の似た家光よりも、織田信長の面影を映す忠長を江与は贔屓した。秀忠はそれに逆らわなかった。

「………」

親が兄弟に差を付ける。これがなにを生み出すかなど、誰でもわかる。

家光の恨めしげな目を、最初秀忠は憐《あわ》れんだ。しかし、長くなればうっとうしくなる。

「恨みがましい目をするならば、天下を獲《と》りに来い」

秀忠は家光の情けなさにあきれ、見捨てた。

「第二の秀頼《ひでより》になっては困る」

家光には秀頼にとっての淀殿《よどどの》のようにべったりの愛情を注ぐ乳母《めのと》がいた。春日局《かすがのつぼね》である。

誰からも相手にされない家光を、春日局は母親以上にかばった。

「おかわいそうな、若さま」

「於福《おふく》よ」

家光も春日局に甘え、頼った。

将来の天下人が、女の袖に守られている。これは、豊臣秀頼と同じであった。違っていたのは、豊臣秀頼をかばったのが実母である淀であるだけで、実際の姿はまったく同じであった。

「……控えよ」

その危惧を秀忠は家康に伝えられなかった。

「天下分け目に遅れるだけでなく、次代もまともに育てられぬか」

家康に言えば、そう冷たい目で返されるだけであるし、

「余が家光の乳母にと見繕った福に不満があるのか。乳母に文句を言うより、そなたがすべきことはあるだろう」

江与が家光を冷たくあしらっていることなど、家康の耳にとっくに入っている。妻の手綱も取れぬのかと言われては、男の沽券《こけん》にかかわる。

結果、家康によって家光が三代将軍となった。

「すまぬが、そなたに頼るしかない。あやつは余の申すことなど聞きはせぬ。それどころかより反発するだけじゃ」

秀忠は将軍を家光に譲るとき、土井大炊頭に頼んだ。

「はっ」

こうして土井大炊頭は家光の足かせとなった。

「それは時期尚早と存じまする」

「前例がございませぬ」

土井大炊頭は家光の施策を否定した。

「では、そのように」

認めたものもある。家康の建てた天守閣を壊して、秀忠が江戸城に新造した天守閣を破却、もう一度家康の建てたものに近い天守閣を建造したいと言い出したのもその一つであった。

「ものに憎しみをぶつけるようでは」

天守閣は父親への恨み辛《つら》みをぶつけるためのものではない。諸国の大名にお手伝いを命じるとはいえ、幕府も金を出さないわけにはいかないのだ。

「他人《ひと》の金で……」

将軍が天下の象徴たる天守閣を諸大名の金で建てたなど、恥以外のなにものでもない。

「これほどのものを造れる……」

天守閣、表御殿、大奥などは将軍家の金で建ててこそ、諸大名をひれ伏せさせられるのだ。

あからさまに無駄な出費であった。戦のなくなった今、天守閣は権威の象徴でしかなく、新造する意味合いが薄い。

ましてや二代将軍秀忠が、家康をこえようとして建てさせた五層六階の豪勢な天守閣である。それを潰してまでというのは、家光の憤懣《ふんまん》でしかなかった。

だが、それまで認めないとなれば、家光が爆発するかもしれない。

幕府の金蔵を傾けるほどの金がかかったが、将軍の機嫌を悪くして、土井大炊頭、酒井雅楽頭が罷免されるよりはましだと考えた。

「いずれ、やられる」

家光の性格を見抜いていた土井大炊頭は、松平伊豆守たちが成長したときが己の去るときだと読んで、対応をしていた。

「遣え。そなたほどの者を金で失うのは惜しすぎる」

「そなたの能力、天下のために」

土井大炊頭は幕臣や大名に手を差し伸べ、役や金を与えることで、幕政に根を張った。

「どうやら最後の御奉公をいたすときが参ったようじゃ」

棚上げを喰《く》らったとき、土井大炊頭は深く埋《うず》めていた策を解放した。

二

弦ノ丞たちの結論は、江戸へ問い合わせる方針となった。

「馬場三郎左衛門さまは、どなたの引きで長崎に来られたのか」

「人員がとにかく足りない。国元へ願っても増員がない」

その二つを書状にして、弦ノ丞は妻への返信を装って出した。

「博多までの便があれば、頼む」

弦ノ丞はもと平戸藩松浦家の出入りだった大久保屋へ書状を託した。

「奥方さまへでございますか」

「ああ。先日文をくれたのでな。そろそろ産み月にも近くなるし、身体《からだ》をいたわれと書いた」

「それは、奥方さまもさぞやお喜びになられましょう。では、博多からは大坂の船、そして大坂からは商家の伝手《つて》を頼りましょう」

大久保屋が江戸へ届ける手段を語った。

長崎から江戸へ文を出すのは、手間と金がかかる。平戸へ持ちこみ、そこから藩の御用便に同封してもらえば、一気に江戸藩邸まで行ってくれる。日にちも金もかからず、助かるのだが、書状を検《あらた》められる怖れがあった。

国元が人を出してくれないという不満を書いてあるだけに、国家老熊沢作右衛門に知られるのはまずい。

弦ノ丞はやむを得ず、迂遠《うえん》な手段を執り、大久保屋に預けた。

懐から弦ノ丞が小粒金の大きめなものを二つ出した。重さからいって、およそ二千二百文ほどにはなる。

「これで足りるか」

「不要でございまする」

大久保屋が手を振って断った。

「当家の船は月に何度も博多へ出ておりまする。船にお手紙一つ増えたところでなにほどのものでもございませんし、博多以降預ける相手もわたくしどもと取引のある者ばかり。金を寄《よ》こせとは申しませぬ」

「そういうわけにはいくまい」

弦ノ丞が首を横に振った。

大久保屋が一度見限った平戸藩松浦家、イギリス商館を失ったことで財政逼迫《ひっぱく》に直面した平戸藩松浦家と懇意にしようとしているのは、抜け荷の片棒を担がせるためであった。

大久保屋は平戸イギリス商館の出入り商人であったことが災いし、長崎の出島へ移されたオランダ商館との交易に出遅れた。まったく取引ができなくなったわけではないが、よい商品を長崎の商人が買い取って残ったものしか扱えなくなった。

それで我慢できる大久保屋ではなかった。

「余りものをあさるようなまねはお断りじゃ」

大久保屋は長崎での商売は隠れ蓑《みの》代わりに続け、幕府の目の届きにくい離島を使って、イギリスやオランダと密貿易をしようと考え、長崎付近の離島を領している平戸藩松浦家を仲間に誘った。

今回、弦ノ丞の書状を届けるのも、平戸藩松浦家に貸しを作りたいからであった。

「……ならばこれを、届けてくれる者たちへの駄賃としてくれるよう」

出していた小粒金を引っこめ、それより一回り小さなものをいくつか取り出し、あらためて大久保屋に押しつけた。

「お気遣い、かたじけのう」

一礼して大久保屋が受け取った。

「斎さま、お茶でも」

「いただこう」

商人が無駄なときを過ごすはずはなかった。ましてや辣腕として知られている大久保屋が、いかに侍相手とはいえ、お茶など意味なくするはずはない。それくらいは弦ノ丞もわかっていた。

「なにが知りたい」

弦ノ丞は大久保屋の望みが、長崎奉行馬場三郎左衛門、あるいは長崎辻番にかんすることにあるとわかっていた。

ただの辻番から弦ノ丞も成長していたが、それでもまだ大久保屋を相手にするには経験が浅かった。こういった交渉をうまく進めるには、まず相手からなにを知りたいかの情報を得なければ、際限なく話をさせられてしまう。それこそ、手紙一通江戸へ送らせるだけ、金にして一両もかからないことで、数千両を稼ぐほどの情報を与えることにもなる。

貸しを避けるのは当然の行為だが、それ以上のものを奪われてしまっては、大損であった。

「では、遠慮なく。長崎辻番はどのようになりましょう」

大久保屋が最初の質問を口にした。

「当家がずっと担うことになるかどうかまではわからぬが、当分の間内町の巡回が任になろう」

「盗賊や抜け荷を見つけたときはどのように」

少し大久保屋の声が低くなった。

「長崎辻番はあくまでも長崎奉行馬場三郎左衛門さまのお考えで作られたものである。御上《おかみ》の御法度《ごはっと》に触れるまねをした者を発見した場合、すみやかに長崎奉行所へ報告、御上役人が到着するまで、その慮外者を逃がさぬように見張る」

「長崎奉行所へ報される……なるほど」

大久保屋の口がゆがんだ。

「斎さま、わたくしは松浦さまの御用商人でございまする」

「……知っている」

うさんくさげな笑みを浮かべた大久保屋に弦ノ丞が嫌そうな顔をした。

もし長崎辻番に捕まるようなことになればその影響は松浦家に及ぶと、大久保屋は弦ノ丞を脅したのであった。

「お手紙のなかにはなにが」

「妻への私信だと申したはずだ」

続けて問うた大久保屋へ、弦ノ丞は拒絶で応じた。

「一昨日でございましたか、お手元に奥方さまのお手紙が届いたと聞きましてございまする」

「……………」

妻が出したという風を装った滝川大膳の書状のことを大久保屋ははじめから知っていた。つまりは、寺町の番所のなかに大久保屋に飼われている者がいるということになる。

弦ノ丞は黙った。

「……手紙を返してもらおう」

少し考えて弦ノ丞が手を出した。

「これは……」

大久保屋が焦った表情を浮かべた。

「……………」

弦ノ丞は大久保屋の膝元に置かれていた手紙を取り戻した。

「失礼する」

すっと立ちあがって、弦ノ丞は大久保屋の前から立ち去った。

「……しくじったか。やり過ぎたわ」

大久保屋が弦ノ丞の座っていたところを見ながら苦い顔をした。

「若いと侮ったわ」

弦ノ丞の行動は、大久保屋との決別、いや敵対を表している。

「長崎辻番頭を敵に回したのは、まずいなあ」

先ほど抜け荷をしても見逃せと脅したばかりであった。

「熊沢さまにお願いして、辻番頭を替えてもらうしかない」

大久保屋が呟《つぶや》いた。


書状を出すあてを失った弦ノ丞は、急いで寺町へ戻った。

「志賀、田中、来てくれ」

「今から見廻りでござる。夜ではいけませぬか」

志賀一蔵が困惑した。

「少しだけ遅らせてくれ」

「承知」

弦ノ丞の雰囲気になにかを悟ったのか、志賀一蔵が首肯した。

「拙者は問題ござらぬ」

田中正太郎はすぐに同意した。

「…………」

それ以上言わず、弦ノ丞は本堂ではなく、外へ向かった。

「……斎どの」

志賀一蔵が怪訝な顔をした。

「黙って付いてきてくれるよう」

できるだけ感情をこめず、弦ノ丞が告げた。

「……ここらでよろしいか」

宿所としている三宝寺の山門から少し離れた麴屋町《こうじやまち》の辻で弦ノ丞が足を止めた。

「いかがなされた」

険しい目つきの弦ノ丞に田中正太郎が緊張した。

「さきほど……」

大久保屋との遣《や》り取《と》りを弦ノ丞は語った。

「……馬鹿なっ」

「なんということだ」

田中正太郎と志賀一蔵が驚愕《きょうがく》した。

「拙者ではござらぬぞ」

「わたくしもでござる」

二人がすぐに否定してきた。

「わかっておりまする。江戸からの付き合いでござろう」

弦ノ丞がわかっていると言った。

「いやあ、安堵《あんど》仕《つかまつ》った」

「まことに」

志賀一蔵と田中正太郎が合わせたようにため息を吐いた。

実際は大久保屋が手紙の内容を聞きたそうであったことから、読んでいる二人ではないと弦ノ丞は推測したのであった。

「…………」

「藩の機密を漏らすなど……誰がそのようなまねを」

田中正太郎が憤った。

「おそらく、もうそやつは用済みでござろう」

志賀一蔵が首を左右に振った。

「なかに手の者をいれているとばれた大久保屋がそのままにしておくはずはございますまい。何か理由を付けて辞めましょう」

「藩士でないという保証はございませぬが」

小者だと判断した志賀一蔵に、弦ノ丞が危惧を見せた。

「家中の者が……」

志賀一蔵の目が細められた。

「いかにも。長崎に来てからか、平戸にいたときからか、大久保屋と付き合いのあった者はおりましょう」

「金を借りていた者も多いはず」

弦ノ丞と田中正太郎が顔を見合わせた。

平戸藩松浦家は田畑が少ないため、藩士の禄を金で払うこともあった。金で払われていた者たちは、豊作凶作にかかわりなく同じ金額を与えられるだけ安定しているが、米の値段が上がると生活に大きな影響が出た。一両で一石近く買えていたのが、半石になったり、酷いときは一両で二斗くらいしか買えないときもある。

そうなれば一気に窮乏した。そのときに藩内の商家から借財をする。

「誰が……」

田中正太郎が険しい声を出した。

「探しだして、厳しい咎めを与えねば」

志賀一蔵も怒っていた。

「いや、探さぬ」

弦ノ丞が二人の意見を抑えるように手を上下させた。

「なぜでござる」

二人が声を合わせるようにして問うた。

「もう、遣いものにならぬからでござる」

「遣いものにならぬとは」

田中正太郎が疑問を呈した。

「すでに大久保屋は、金で飼っている者が我らのなかにいると露見したことをわかっておりまする。いるとわかっている裏切り者の前で我らが重要なことを話すわけなかろう。それどころか、偽りをわざとそやつに聞かせ、大久保屋を罠に嵌《は》めようとすることもありえなくはない」

「なるほど、手の者の報告が信用できなくなる」

志賀一蔵がうなずいた。

「さようでござる」

弦ノ丞が認めた。

「なれど、これを許しては他の者への示しが付きますまい」

大久保屋の走狗《そうく》となった者を見逃すのはどうかと、田中正太郎が懸念を表した。

「それはたしかでござるが」

　辛そうに弦ノ丞が眉をひそめた。

「ただ、人手が足りぬときに裏切り者を探すだけの余裕がないのと、探すとなれば皆に話をせねばならぬ。仲間のなかに敵が居る。疑心暗鬼の状況で辻番の任をこなすのは難しい」

「逃げられるか」

　志賀一蔵の目つきが鋭くなった。

「…………」

　言われた意味がわかっている弦ノ丞は黙った。

「貴殿が江戸でどのような目に遭ったかは、存じておりまする。馬鹿ばかりで苦労なされたと同情はいたしまするが、それをいつまでも引きずっておられるのは、配下として不安でござる」

　辛辣な意見を志賀一蔵が弦ノ丞へ浴びせた。

「……不安か」

「不安でござる。いざというとき決断が鈍るようでは、命をお預けするわけには参りませぬ」

「むうう」

　弦ノ丞が唸った。

武士は家があってこその武士であった。幕府の規定では、すべての人は武士、自前で土地を持っている百姓、そして土地なしの水呑《みずのみ》百姓の三つに区別された。

武士は主君を持つ者のことと決まっており、どれだけ高名であろうとも牢人は武士ではなく、当然自前の土地もない。すなわち水呑百姓でしかなかった。

かつて弦ノ丞が配下の辻番の危機を放置して、隣家の火事が藩邸へ類焼しないように動いたことは武士として当然のことであり、非難されるものではなかった。

しかしながら、見捨てられた配下にしてみれば、死の恐怖に怯《おび》えただけに、弦ノ丞のことが許せなかった。これは人として当たり前の感情であったが、武士としては認められないものであった。

ただ、藩としては数の多い下級武士たちの反発の火種を置いておくのは都合が悪い。島原の乱で西国大名への警戒の目が強くなっているときでもあった。

「国元へ帰れ」

結果、弦ノ丞は生まれ育った江戸から、一度も足を踏み入れたことのない平戸へ追いやられた。一応、加増は受けたが、心のなかでは納得していなかった。

その傷心がまだ癒えていないのは確かであり、保身といえる行動を無意識に取ってしまう。それを志賀一蔵が怖《おそ》れていた。

「……否定はせぬが、今、なかを荒らすわけにはいかぬ。長崎辻番のなかで騒動が起きれば、今でも怪しいというのに、より辻番という役目を果たせなくなる。それを馬場さまがお認めくださるとは思えぬ」

「……たしかに」

「お厳しいお方である」

弦ノ丞の言いわけともいえる理由だったが、志賀一蔵も田中正太郎もそれを払拭するだけのものを持ってはいなかった。

「国元に報せ、もう一度増員を願うべきでございましょう」

「動くかの」

志賀一蔵の考えに、弦ノ丞が困惑した。

国家老熊沢作右衛門がなぜ増員を拒否したかはわからないが、事情が変わったからといって対応するとはかぎらない。

「江戸へ願うよりは早いか」

滝川大膳宛に出すはずだった書状は、まだ弦ノ丞の懐にあった。

「申し出るだけ申し出てみましょうぞ。それで駄目ならば、わたくしが江戸まで参りましょう」

田中正太郎が進言した。

「そうしてもらうしかないか」

弦ノ丞が決断した。

三

「きっとご家老さまを説得してみせましょう」

今までの使者は、いわば書状を運んだだけで、熊沢作右衛門を説得したりはしなかった。いや、できるだけの身分と状況を把握している者を出せなかった。

それではどうしようもないところまできている。一隊を預けられる田中正太郎を数日とはいえ、頼れなくなるのは痛いが、やむを得ない。

国元へ状況と要望を書いた書状を持って、田中正太郎が長崎を離れた。

「待つ間じっとしているわけにもいかぬ」

弦ノ丞は、辻番たちを志賀一蔵に預け、一人で長崎代官末次平蔵のもとを訪れた。

「いかがなされました」

二代目末次平蔵は、いつものように丁寧な応対で弦ノ丞を迎えてくれた。

「少しお話をお伺いいたしたく」

そう言いながら弦ノ丞はちらりと同席している手代に目を走らせた。

「甚助《じんすけ》、すまぬが酒を購《あがな》ってきてくれ」

「酒ならば、蔵にございますが」

甚助が末次平蔵の指図に、買わなくてもあると答えた。

「和蘭陀酒《オランダ》を斎どのに味わってもらいたいのだ」

「……和蘭陀酒でございますか」

末次平蔵の要望に、甚助が面倒くさそうな顔を見せた。

「一樽《ひとたる》、小ぶりのもの一つでいい。儂《わし》と斎どのが味わった残りは、そなたの好きにしてよい」

「わかりましてございまする」

残りがもらえるとわかった途端に甚助が腰をあげた。

「……げんきんなものでございますな」

甚助がいなくなったのを確認した弦ノ丞が苦笑した。

「手代は禄が安うござるゆえ」

末次平蔵も苦い笑いを浮かべた。

「さて、あまりときはございませんぞ」

買いものだけに、いつ帰ってくるかわからない。

末次平蔵が話を急《せ》かした。

「はい。お手数をおかけしました。先代の末次さまの残された書付などはございませぬか」

「先代の……代官にかかわるものならばございますが、なぜそのようなものを」

長崎辻番に不要なものではないかと、末次平蔵が首をかしげた。

「今からお話しすることはご口外無用に願いまする」

「承知いたしました」

釘《くぎ》を刺した弦ノ丞に末次平蔵が首を縦に振った。

「先日、引田屋でお話を伺いました、先代末次平蔵さまと当家先代肥前守のことでございますが、なにか書きものは残っておりませぬか」

「……書きもの」

一気に末次平蔵の雰囲気が暗いものになった。

「さようでございまする。先代同士が交わした書状などございますれば、是非とも拝見仕りたく」

弦ノ丞が願った。

「ございませぬ」

考えることなく末次平蔵が首を横に振った。

「ないと」

「いかにも。いや、最初からなかったのか、紛失したのか、先代が破棄したのか、あるいは……」

末次平蔵が口ごもった。

「あるいは、なんだと」

弦ノ丞が先を促した。

「先代が奪ったのかも知れませぬ」

「わざわざ自分宛の書状などを奪う意味はなんでございましょう。都合が悪ければ焼いてしまえばすむはず」

弦ノ丞が首をかしげた。

「ああ、そうか。話しておりませなんだ」

一人納得した末次平蔵が、続けた。

「先代の末次平蔵と、わたくしの間にもう一人長崎代官となられたお方がおられまする。正確には一人ではなく、何人かおりますが、そのほとんどは代官が決まるまでの預かりであって、長崎町年寄が交代でいたしておりました。これらのものは、なにかを決める権限もございませぬ。ただ、外町の年貢や賦役を集めるだけ」

「では、そのもう一人というのは、どなたで」

末次平蔵の言葉に、弦ノ丞が尋ねた。

「今の長崎奉行馬場三郎左衛門さま」

「…………」

聞いた弦ノ丞が絶句した。

「島原の乱の前、長崎奉行へ転じられるまでの短い期間ではございましたが」

「で、では、先代の末次平蔵どのが残されたものは、すべて馬場さまの手元に」

付け加えた末次平蔵に弦ノ丞が確認した。

「すべてといえば、すべてでございましょう。長崎代官としての職務にかかわるものは、馬場さまが検められていると思われまする」

「すべてといえば、すべてと言われましたが……」

弦ノ丞は末次平蔵の言葉に引っかかった。

「先代の私信や、私財などは代官所ではなく、屋敷のほうに残っておりまする」

末次平蔵が答えた。

「それを御上はお取りあげにならなかったのでございますか」

弦ノ丞が驚いた。

幕府は罪人の財産を闕所《けっしょ》という形で奪う。闕所は罪ではなく、それに付帯した刑であり、屋敷や調度品、馬などすべての財産を公収する。もちろん、百叩《ひゃくたた》きや手鎖などの軽微なものには伴わない。

「先代の末次平蔵は、罪が確定する前に牢死、そのまま詮議は中止となってござれば、闕所にはならなかったのでございまする」

「幕府が見逃した……」

弦ノ丞が戸惑った。

幕府の強欲さは天下の知るところである。かまわないと許可を出しておきながら、平然と引っくり返したことも多い。

届け出を受け付けておきながら、後日、出ていないと言いだし、大名を潰したこともあった。

「あり得ませぬなあ」

末次平蔵は笑った。

「先代を殺すのが目的であったのかも知れませんな」

「それでは、当家の先代肥前守が無事であったという理由がわかりませぬ」

タイオワンの一件を起こしたのは、たしかに先代の末次であったが、それに助力したというのか、便乗したのが松浦隆信である。

口封じというならば、先代の末次平蔵だけでなく、松浦隆信も殺していなければならない。ことが異国での問題だけに、実態がよくわからないとか、オランダの言いぶんに従うのは、幕府の沽券にかかわると考えたのかはわからないが、外様の小藩を潰すのにためらう理由はない。

「むうう」

末次平蔵も悩んだ。

「考えてもわかりませぬな」

あっさりと末次平蔵があきらめた。

「まずは、先代の遺したものを確認いたさねば」

「お願いをいたしても」

弦ノ丞が頼んだ。

他家の遺品を一緒に探らせろと言うのは、さすがに礼儀知らずであった。

「やれるだけのことはいたしましょう」

末次平蔵が首肯した。

「ところで、斎どの。なぜ、今になってそのようなことを」

末次平蔵が真顔になった。

「ここだけの話にお願いをいたしまする」

もう一度弦ノ丞が口止めした。

「承知いたしております」

しつこいと文句も言わず、末次平蔵が認めた。

「江戸より……」

弦ノ丞が松平伊豆守の要望を伝えた。

「………」

聞き終えた末次平蔵が呆然《ぼうぜん》とした。

「お代官どの……」

あまりに動きがないので、弦ノ丞が気遣って声をかけた。

「まさか、そのようなことが……」

末次平蔵が力なく、首を左右に振った。

「大炊頭さまが交易の利をむさぼっておられたなど……」

まだ末次平蔵は呑みこめていなかった。

「儲《もう》かる、儲かるとは聞いてございまするが、わたくしは江戸生まれの江戸育ち、国元に配されて数カ月にしかなりませぬ。それほど交易というのは大きな利を生みますのでしょうや」

素直に弦ノ丞が疑問をぶつけた。

「ご存じございませぬか。無理はございませぬ」

末次平蔵が反応した。

「季節や商品によって値段は変わりまするゆえ、利も一年を通じて一定しているとは申せませぬが、それでも南蛮船が一艘《そう》長崎の湊に入るだけで、おそらく一万両はくだりますまい」

「一万両とはすごい」

巨額に弦ノ丞が息を呑んだ。

「ああ、これは売上ではございませぬぞ。利だけでございまする」

「なっ……」

さらなる衝撃に弦ノ丞が固まった。

「南蛮から我が国へ持ちこまれたもの、こちらから南蛮船に売りつけたもの、その両方を合わせたものとなりまするが、少し大きな船ならば、それくらいは」

「利が一万両……」

一万両は、およそ二万石の大名の年収に値する。それが船一艘で手に入る。

「もっとも南蛮船は、大風の来ぬ十月には去り、帰ってくるのは翌年の六月ごろと決まっておりまするゆえ、年にすればそれほど大きなものにはなりませぬが」

「いや、一万両でございまするぞ」

小判でさえ、そうそう手にすることはない。弦ノ丞がとんでもないことだと、首を横に振った。

「南蛮船ほどではございませぬが、明船も一艘で数千両は儲かりますぞ。明は和蘭陀と違って近いので、年間二度、三度と参りまする」

「数が多いだけ、明船のほうが、儲けにつながりますか」

「そうとはいえませぬな。明から入るものも珍しゅうございますが、どうしても和蘭陀のもののほうが貴重」

「なるほど」

弦ノ丞が感心した。

「ですが、大炊頭さまの交易は、これではないと思いまする」

末次平蔵が眉間にしわを寄せた。

「なぜでございますか」

弦ノ丞が訊《き》いた。

「長崎、あるいは平戸に入ってきた南蛮の品物は、確実に商館で確認いたしまする。また、それに運上をかけることで金を得ている領主も調べましょう」

「数とものが知られていると」

「さよう」

末次平蔵が首を縦に振った。

「そこに大炊頭さまが入りこんだとして、大名はまだどうにかできましょうが、長崎の役人とかは面倒でございますぞ。大炊頭の弱みとばかりに食いついてきかねませぬ」

「……なるほど。それで松浦家は生き残り、先代の末次平蔵どのは牢死ということになったのでございますか」

弦ノ丞がため息を吐いた。

「…………」

露骨に認めるわけにもいかないのか、黙って末次平蔵が肯定を示した。

「役人も長崎代官だけではなく、商人も長崎にはおりまする。商人は耳ざとい者でございます」

「では、大炊頭さまの交易は……タイオワンでおこなわれていたと」

「おそらく」

弦ノ丞の答えに末次平蔵が同意した。

「タイオワンならば、御上の目は届かぬ……」

弦ノ丞が目を大きくした。

「だからこそ、タイオワンで先代の末次平蔵の意を受けた交易船船頭の浜田弥兵衛も強気に出られた」

「御上を代表する執政筆頭の大炊頭さまが後ろに付いている。まさに虎の威を借る狐《きつね》ができますな」

末次平蔵の話に弦ノ丞はあきれた。

「もっとも、ここでの話はすべて推論でしかございませぬ。実際どうであったかを知る者は、もうおりませぬ」

先代の末次平蔵は牢死、松浦隆信は病死している。

「先ほどの船頭、浜田某《なにがし》は……」

「はて、どうなったかは聞いておりませぬな」

弦ノ丞の疑問に、末次平蔵も首をかしげた。

「調べてみましょう」

船頭のことなどは、長崎代官をしながら唐物の仲介商を営んでいる末次平蔵が詳しい。

「お願いいたしまする」

伝手も手立てもなく、ただ湊で訊いて廻るしかできない弦ノ丞が、頭を垂れた。

「次に……」

「戻りました」

弦ノ丞が別の話をしようとしたところへ、手代が手に樽を持って帰ってきた。

「おうおう、待っていたぞ。斎どの、日はまだ高《たこ》うござるが、一献参りましょう。和蘭陀酒を呑まれたことはございますかな」

密談は終わりとなった。

「いや、初めてでござる」

弦ノ丞もうれしそうな顔をした。

第五章　静かなる争い

一

土井大炊頭の上屋敷は、江戸城大手門を出た南、日比谷御門《ひびやごもん》近くにあった。

「ご下問あるまでは、屋敷にて休め……か」

表御殿御座《ござ》の間で土井大炊頭利勝《としかつ》が口の端を吊《つ》りあげた。

屋敷にて休めというのは、ねぎらっているように見えるが、そうではなかった。

「どれ、物見遊山にでも参ろうか」

「朋友《ほうゆう》たちとも長く会っておらぬ。久しぶりじゃ、茶会でも開くか」

休めというならば、職務を離れて好きなことをしようとすれば、

「安静にいたしておけという上様のご温情をないがしろにするなど論外であろう」

たちまち咎《とが》めの使者が来る。

家光の休めは土井大炊頭の動きを抑えるものであった。

「吾《わ》が世は終わりかの」

小さく土井大炊頭が嘆息した。

土井大炊頭は元亀四年（一五七三）の生まれで、もう七十歳をこえている。徳川家康、秀忠、家光と三代にわたって仕え、幕府創立から確立まで大いに活躍した。

最初二百俵に過ぎなかった身上は、幾度も加増を受け、今では下総《しもうさ》国古河《こが》城主十六万二千石という大身大名へと立身している。

慶長十年（一六〇五）、秀忠付の老中となって以来、およそ三十年幕政の中心にあった。

その土井大炊頭が逼塞《ひっそく》に近い状態にされていた。

「殿」

なすこともなく、一日書院で無為に過ごしていた土井大炊頭のもとへ、近習頭《きんじゅがしら》が現れた。

「頼母《たのも》か、入れ」

土井大炊頭が入室を許した。

「御免を。御側《おそば》に寄らせていただいても」

「かまわぬ」

頼母と呼ばれた近習頭の要求を土井大炊頭が許した。

「御免」

膝で素早く頼母がすり寄った。

「どうした」

近習頭をさせるほどである。土井大炊頭は頼母のことを信頼している。その頼母の普段にはない行動に、土井大炊頭の目つきが鋭くなった。

「古き紐《ひも》を解《ほど》こうとしておる者がおるようでございまする」

「……古き紐。長崎か」

「ご推察の通りでございまする」

頼母がうなずいた。

「長崎の唐津屋から報《しら》せが参りましてございまする」

「なんと申した」

「タイオワンの一件を探っている者がおると」

「誰《たれ》だ」

土井大炊頭の声がより低くなった。

「長崎奉行か」

言わば抜け荷である。長崎における法度《はっと》外《はず》れは、長崎奉行所の担当になる。

「それが違うようでございまして、平戸藩松浦家の者が動いていると」

「なんじゃと、松浦が。あり得ぬ」

土井大炊頭が驚いた。

「松浦は、言わば同じ穴の狢《むじな》ぞ。その松浦が、余を……」

否定しかけた土井大炊頭が言葉を止めた。

「頼母」

「はい。松浦家は代替わりいたしておりまする」

訊《き》かれた頼母が答えた。

「それでか……いや、それでも話が合わぬ。今さら寝た子を起こしてどうするというのだ。松浦が無事にすんだのは、余のお陰であるぞ」

土井大炊頭が唇を噛《か》んで思案に入った。

「殿の弱みを利用しようといたしておるのではございませぬか。聞けば、松浦家は平戸和蘭陀《オランダ》商館を閉鎖させられて、かなり困窮しているという話でございまする」

主君の寵臣《ちょうしん》だけに、頼母は有能であった。

「この余をゆする……できるわけなかろう。余が松浦家の言いなりになるはずはない。それこそ、松浦肥前守がどれだけ余の非を言い立てようが、御上《おかみ》は相手にせぬ」

幕府執政は、そのまま幕府の顔である。その顔のなかでももっとも名の通っている土井大炊頭に抜け荷の疑惑があるとなっては、幕府の権威を落とすことになる。

「大炊頭さまが御法度を破っておられたというのに、わたくしのこれは許されませぬのか」

諸大名が言うことを聞かなくなる。

幕府の面目を保つためにも土井大炊頭の悪事は表に出てはならないのだ。

「余と松浦を天秤《てんびん》にかければ、御上がどちらを取るかなど赤子でもわかろう」

「まさに仰せの通りでございまする」

主君の言葉に頼母が首肯した。

「…………」

頼母の賛同を得た土井大炊頭が不意に顔をしかめた。

「いかがなさいました」

「まさか、上様が……」

気遣う頼母を無視して、土井大炊頭が独りごちた。

「……上様っ」

頼母が絶句した。

「そうか、そういうことか」

土井大炊頭が一人で納得した。

「お伺いいたしたく」

「伊豆守じゃ」

尋ねた頼母に土井大炊頭が告げた。

「老中首座さまが……」

頼母が蒼白《そうはく》になった。

「伊豆守め、それほど余が邪魔か」

土井大炊頭が頬をゆがめた。

「どのようにいたしましょうや。松浦に苦情でも申し立てまするか」

「そのようなものは無駄じゃ。知らぬ存ぜぬで押し通されたら、そこまでじゃ」

土井大炊頭が首を左右に振った。

「殿のご威光に松浦が逆らうと」

「三年前ならば余が一言申すだけで、松浦など黙ったであろうし、伊豆守に命じられたとて引き受けなどすまい」

悔しそうに土井大炊頭が吐き捨てた。

「………」

「長崎奉行馬場三郎左衛門は、島原の乱に出た者であったな」

「はい。その後長崎代官を経て、長崎奉行に」

確認した土井大炊頭に頼母が述べた。

「余の引きではない」

土井大炊頭は島原の乱にほとんどかかわっていない。当然、論功行賞にも口出しはできなかった。

「伊豆守さまのご手配では」

「違うな。伊豆守の手配ならば、松浦を使って長崎で要らぬことなどすまい」

頼母の発言に土井大炊頭が首を横に振った。

「……ふむ。馬場三郎左衛門は誰の引きか」

「調べまするか」

主君の呟きに頼母が尋ねた。

「調べよ。早急に」

「はっ。では、早速に」

頼母が出ていった。

「なるほどの。長崎奉行馬場三郎左衛門を使えばよいものを、わざわざ松浦を使うなど、伊豆守にしてみれば迂遠《うえん》な手を使うと思ったが……尻老中どもも一枚岩ではないということだな」

一人になった土井大炊頭がにやりと笑った。

「そもそも将軍となるべき器量でなかった者が、その座にあろうとしたことからしてよくなかった。なにが嫡子相続だ。それを言い出せば、余は土井の当主になってはおらぬ」

もともと水野家の末子だった大炊頭は、土井家に養子として迎え入れられたが、すでに土井利昌には二人の男子があった。つまり、大炊頭は土井家の嫡男ではなかった。

その大炊頭を跡継ぎにしたのは、家康であった。そして秀忠が望んだ三男忠長への継承ではなく、次男家光を選んだのも家康であった。

「それを……躬《みども》は神君から将軍へと推戴されたなどと思い上がりおって……」

土井大炊頭が家光を罵った。

「まだ恨みを霧散できぬ。それだけでも天下人としてふさわしくないとわかる」

秀忠の仕打ちを家光は忘れておらず、秀忠によって引きあげられた土井大炊頭を憎んでいる。

「すでに死した台徳院《だいとくいん》にはなにもできぬ」

まさか三代将軍が二代将軍の墓を荒らすなどできるはずはなかった。幕府は主君に忠、親に孝を旨としているからだ。

「その身代わりか、余は」

土井大炊頭が憎々しげな声で言った。

酒井雅楽頭は松平家と祖を同じにする譜代のなかの譜代といえる名門である。酒井家の重みは徳川のなかでも格別であり、大炊頭が初代に近い土井家とは大きな差があった。

「酒井は末葉も多い」

歴史のある酒井家は分家もあり、婚姻、養子縁組などを通じて一族となった者も多い。いかに将軍でも、酒井家を咎めるのは反発も強く、下手をすれば天下が揺らぐ。

「余なら、さほどの問題にはならない……か」

苦い顔で土井大炊頭が独りごちた。

「長崎に残した楔《くさび》、使うことになるとは思わなかったわ」

土井大炊頭が苦く笑った。

「家光、そなたの器量が足りぬと教えてくれる。傅役《もりやく》として最後の役目を果たしてくれる」

土井大炊頭が将軍を呼び捨てた。


平戸に着いた田中正太郎は、熊沢作右衛門との対面に挑んでいた。

「これを」

田中正太郎が弦ノ丞からの書状を差し出した。

「斎からか」

少し不機嫌な顔で熊沢作右衛門が書状を受け取って、拡《ひろ》げた。

「…………」

「ご家老さま」

頬を引きつらせた熊沢作右衛門に、田中正太郎が返答を促した。

「人員の手配はならぬ」

「なぜでございまするか。長崎辻番をするにも手が足りませぬ。そこへ、このようなお指図を受けるなど、無理でございまする」

「無理でもしてもらう」

にべもなく熊沢作右衛門が拒んだ。

「…………」

頑《かたく》なな熊沢作右衛門に田中正太郎が唖然《あぜん》とした。

「人数を出す。それは目立つことになる」

「長崎奉行さま、いえ、老中首座さまのご依頼でございますぞ」

田中正太郎が大義名分を出してきた。

「だからじゃ。長崎奉行馬場さまのお手伝いていどならば問題ない。だが、長崎奉行所の下請けとも言うべき辻番ぞ。その名誉と権は、どれほどのものだと思う」

「お家の誉れでございましょう」

熊沢作右衛門に問われた田中正太郎が胸を張った。

「たしかに何もなければ、家の誉れじゃ。だがな、当家より先に長崎警固を命じられていた黒田さまや鍋島さまはどう思われる」

「…………」

言われて田中正太郎が黙った。

「後から来た松浦家に長崎辻番という役目を取られたと考え、さぞや不満に思われているはずじゃ」

「長崎奉行馬場さまの御命でございまする」

「それでも納得できぬのが人というものだ。それに当家は六万石じゃ、黒田家の五十二万石はもとより、鍋島家の三十五万石にも遠く及ばぬ。外様の小藩がうまく取り入ったとしたらご不快であろう」

「…………」

熊沢作右衛門の言い分に田中正太郎は反論できなかった。

「そこに大規模な人員を送り出してみろ、両家との諍《いさか》いに発展してもおかしくはないのだぞ」

「……ですが、伊豆守さまの」

「阿呆《あほう》が。伊豆守さまのご要望は表立つことなく、調べよとのことであろう。それでいながら、人手を増やすなどお言葉に逆らうことである」

「はい」

確かにその通りであった。

田中正太郎が悄然《しょうぜん》とうなだれた。

「問題は、辻番のなかにいる大久保屋の飼い犬か」

さすがにそれは腹立たしいのか、熊沢作右衛門がいらだちを見せた。

「入れ替えていただくわけには参りませぬか」

藩士を交代させてくれと田中正太郎が要求した。

「そなたたち三人以外をか」

「さようでございまする」

「それくらいはできるが……新たに出した者に紐が付いていないとは言えぬぞ」

熊沢作右衛門がため息を吐《つ》いた。

「大久保屋だけではない。下手をすると黒田家や鍋島家、どころか博多の豪商どもに飼われている者がそちらへ行きかねぬ」

「むうう」

田中正太郎が熊沢作右衛門の危惧に唸《うな》った。

平戸藩松浦家は黒田家と鍋島家、立花《たちばな》家に囲まれている。その関係から、婚姻をなしている者もあった。また、参勤交代や米の手配などで博多の商人と深い付き合いをしている者もいた。

「まちがいなく新たな面倒が起こるぞ」

「はあ」

熊沢作右衛門のいう面倒とは、松平伊豆守の密命がそれらに漏れることを示している。

田中正太郎は嘆息するしかなかった。

「かといって、大久保屋の犬をそのままにはできぬな」

熊沢作右衛門も息を吐いた。

「大久保屋にこれ以上の弱みを握らせるわけにはいかぬ」

離島を密貿易に貸すという密約を交わしている。今は借りる大久保屋が弱い立場ではあるが、その状態を維持できなくなる怖《おそ》れが出てきた。

「献上金はお約束の半分にさせてもらいまする」

「もう一つ、島をお貸しいただけませぬか」

商人というのは厚かましいものである。なかでも大久保屋は群を抜いて質《たち》が悪い。平戸藩松浦家の弱みを握れば、際限なくつけあがってくるのは予想できた。

「どうやって見分けましょう」

田中正太郎が熊沢作右衛門に良い知恵を貸してくれと願った。

「大久保屋に知られる前ならば、偽りの話を怪しいと思う者に少しずつ違った形で流し、それを受けた大久保屋がどのように動くかで、おおよその予想は付けられたが……犬を忍ばせているとばれてしまったのだ、大久保屋がこちらの手に乗るとは思えぬ」

熊沢作右衛門も困っていた。

「一人ずつ国元へ戻し、熊沢さまが詰問なされては」

「認めると思えぬが」

田中正太郎の案に熊沢作右衛門が首を左右に振った。

「そこは脅しつけるなど」

「馬鹿を申すな。無実の者を脅したとあれば、いかに儂《わし》とて無事ではすまぬわ」

国家老といったところで、家臣には違いない。同じ家臣同士の諍いという形に持ちこまれれば、喧嘩《けんか》両成敗となりかねなかった。

「ふむう」

熊沢作右衛門が思案に入った。

「……横目付《よこめつけ》を二人行かせる」

「横目付を」

考えた熊沢作右衛門の提案に田中正太郎が首をかしげた。

横目付とは目付の配下で、主に目見え以下の家臣の非違を監察する。役目柄、人を見張ったり、気配を消して後を付けたりすることを得手としていた。

「横目付に一人で出かける辻番役の見張りをさせ、大久保屋に接触した者を探らせよう」

「それは助かりまする」

田中正太郎が喜んだ。

「横目付が誰か、どのような姿をしており、どこに滞在しているかなどは、一切そなたらにも報せぬ。誰が犬かわかれば、儂から通知する。それでよいな」

「結構でございまする」

「あと斎に、一同身を慎み、疑われぬようにかかわりなき者との接触を禁じると訓示させよ」

「あぶり出すのでございますな」

熊沢作右衛門の指示に田中正太郎が首肯した。

二

松平伊豆守にとって、土井大炊頭や酒井雅楽頭はすでに敵ではなかった。もちろん、意見を請うべき先達でもない。

「伊豆守よ」

御用部屋で執務をしていた松平伊豆守に、同僚の阿部豊後守忠秋が声をかけた。

「なんじゃ」

書付から顔をあげることなく、松平伊豆守が応じた。

「少しよいか」

阿部豊後守が松平伊豆守を誘った。

「……しばし待て、これを片付ける」

松平伊豆守が下を向いたまま答えた。

「外で待っておる。いつもの座敷での」

わずかにあきれを含んだ声を残して、阿部豊後守が御用部屋を出た。

江戸城でもっとも重要な場所といえば、将軍家の御座の間になる。だが、政の中心となれば、それは老中たちが執務する御用部屋になった。

御用部屋は将軍家御座の間に隣接し、いつでも政の諮問を受け、決済を求められるようになっている。幕府にかかわる政令、布告はすべてこの場で協議される。当然、御用部屋には多くの役人が、指示を仰ぎに来たり、上申をしに来たりしている。しかし、御用部屋には、老中の雑用をこなす殿中坊主、前例を調査し沙汰書を清書する右筆以外の入室は認められていない。

御用部屋前には、老中に用のある者がそれこそ雲霞《うんか》のごとく集まっていた。

「豊後守さま、なにとぞお時間を」

「具申仕《つかまつ》りたく」

阿部豊後守に気づいた役人たちが、この機を逃してなるものかと集まってきた。

「忙しい」

冷たく言い捨てて、阿部豊後守が一蹴した。

老中の怒りを買えば、役目を剝がされるだけでなく、家ごと潰される。蜘蛛《くも》の子を散らすように役人たちが離れた。

「ああ、続いて伊豆守が出て参るが、余と話をするためである。まとわりつくな」

阿部豊後守忠秋が釘《くぎ》を刺した。

「……用はなんだ」

小半刻《こはんとき》（約三十分）ほどしてようやく待ち合わせの座敷に来た松平伊豆守が悪びれることなく訊いた。

「まあ、座れ」

立ったまま用をすまそうとしている松平伊豆守に阿部豊後守が勧めた。

「手間のかかる話か」

面倒だと言わんばかりの表情で、松平伊豆守が腰をおろした。

「……で」

座った松平伊豆守がもう一度阿部豊後守を促した。

「今さらなまねをするな」

阿部豊後守が松平伊豆守に告げた。

「……上様のお望みだといって、すべてを叶《かな》えようなど傲慢」

「上様のお望みぞ」

松平伊豆守の返答に阿部豊後守が睨《にら》んだ。

「傲慢……上様のお望みを叶えようとせぬのは、怠慢であろう」

「天下の政をするのが執政である」

「上様こそ、天下である」

「三十郎……」

思わず幼名で呼ぶほど、阿部豊後守があきれた。

松平伊豆守と阿部豊後守では少し歳《とし》の差はあるが、ともに家光の寵童であった。一度ならず何度も同じ閨《ねや》で並んで家光からの寵愛を受けたこともある。

それこそ、親兄弟よりも絆は太い。

「上様のお名前に傷を付けることになりかねぬのだぞ」

「ない」

阿部豊後守の懸念を、松平伊豆守が一言で蹴飛ばした。

「上様には決して届かぬ。なんのために松浦を使ったと思っておる」

「切り捨てる気だな」

「当たり前であろう。外様大名など、上様のためになるならばいくつ潰しても問題はない」

平然と松平伊豆守が答えた。

「……大名を潰した結果が、先日の御成《おなり》騒動になったのだろうが」

苦い顔で阿部豊後守が松平伊豆守に警告した。

「二度はさせぬ。大名家を潰すとともに家臣どもも切腹させればいい」

「馬鹿を言うな。十万石でも家中の者は数千だぞ。それだけ多くの者を切腹させるなどできるはずはない」

淡々ととてつもないことを言った松平伊豆守に、阿部豊後守が怒った。

「ならば、城に閉じこめて焼けばいい。上様のおためにならぬ者は不要」

松平伊豆守は聞く耳を持たなかった。

「……そのようなまねは、上様に比叡山《ひえいざん》を焼き討ちにした織田信長公と同じ汚名を着せることになるぞ。悪鬼、第六天魔王とな」

「町奉行所に取り締まらせればすむ」

「はあ」

阿部豊後守が大きなため息を吐いた。

「止《や》める気はないのだな」

「ない。大炊頭は上様を甘く見すぎておる」

「台徳院さまの懐刀であるからの」

その批判には阿部豊後守も同意した。

「だが、もうあやつに力はない。このまま死すだけじゃ。表舞台から降りた者に今さら手出しをする意味はなかろう」

阿部豊後守がもう一度説得を試みた。

「このまま放置すれば、上様を与《くみ》しやすしと思う者が出よう。信賞必罰、これなくして天下は定まらぬ」

松平伊豆守が正論を口にした。

「ならばこそ、裏で動くのはよろしくない。天下の罪ならば、堂々と大炊頭を糾弾すべきである」

「表だって裁くだと。そのような名誉を土井大炊頭に与えてどうすると」

「………」

さすがの阿部豊後守も黙った。

「上様は、土井大炊頭が一人もがき苦しむことをお望みである」

「そうか」

阿部豊後守はあきらめた。

「大炊頭だけであろうな」

酒井雅楽頭にまで手出しするのではないことを阿部豊後守が確認した。

「うむ。大炊頭だけじゃ。もっとも大炊頭を除《の》けた後、上様が別の者もとお考えになられるやも知れぬがの」

「お諫《いさ》めせよ」

阿部豊後守が松平伊豆守に強く言った。

「これ以上、三十郎の手が塞がっては政が遅滞する」

「堀田加賀守がおろう。あやつにさせればいい」

釘を刺した阿部豊後守に松平伊豆守が返した。

「わかって言っておるならば、そなたの頭を心配せねばならぬぞ」

阿部豊後守が冷たい目で松平伊豆守を見た。

「老中だぞ、あやつも」

「たしかに老中ではあるがな。使える老中ではないな」

松平伊豆守の言葉に阿部豊後守が苦笑した。

「…………」

無言で松平伊豆守が同意を示した。

「加賀守を一としたら、三十郎は百、拙者は六十というところだろう。百が要らぬことにかかずらって、仕事の処理が半分になっている。その五十を一ができるわけなかろうが」

阿部豊後守がなんともいえない顔をした。

「あやつは上様への媚《こ》びがうまいだけじゃ。お陰でお添い寝の回数も図抜けて多かったし、御成をいただいたのも群を抜いている。だが、それだけであろう。あやつがまともに使えるのならば、上様は大炊頭のことをお任せになったはず。できぬと上様もおわかりゆえ、そなたに白羽の矢が立った。違うか」

「早急にすませよう。仕事もする」

そこまで言われては、阿部豊後守も文句は言えなかった。

「豊後守よ、馬場三郎左衛門はそなたの引きか」

「違う」

確かめた松平伊豆守に、阿部豊後守が首を横に振った。

「では、誰の」

「島原の乱にかんしては、そなたが上様より預けられたはずだ。島原の乱より後の長崎奉行は、そなたが引かねばなるまい」

「そのような小者など気にもしておらぬ」

老中首座からすれば、長崎奉行など下僚でしかなかった。

「そなたが島原に向かうまでに、馬場三郎左衛門は鎮圧軍の軍監として現地にいた。そこから長崎代官を経て、長崎奉行になっていたはずだ」

知恵伊豆と呼ばれた松平伊豆守はひらめきの才を持つ。そして阿部豊後守は実直と言われたことからもわかるように、下調べをしっかりとした。

「加賀守は……せぬな」

「人事に根回しをするくらいならば、上様のご機嫌を伺っていたい男だからの」

松平伊豆守の嘆息に、阿部豊後守が同意した。

「となると大炊頭か、雅楽頭となるが……」

「大炊頭であれば、もう長崎に証《あかし》はなにも残っておらぬな」

阿部豊後守が困惑し、松平伊豆守が天を仰いだ。

「中止すべきだ、やはり」

「上様に及びませなんだと奏上などできぬわ」

助言する阿部豊後守に松平伊豆守が激発した。

「あきらめぬと申すか」

「松浦など潰してもよい。もし、馬場三郎左衛門とぶつかるようなことがあっても、それだけのこと。馬場三郎左衛門は誰の引きであろうが、御上には刃向かえぬ」

しつこいぞと言った阿部豊後守に、松平伊豆守は手を振った。

馬場三郎左衛門が土井大炊頭、あるいは酒井雅楽頭の走狗《そうく》だとしても、その身分は旗本でしかなかった。

旗本は将軍の家臣であり、長崎奉行は幕府の役人である。

「気に入らぬ」

家光がそう言うだけで、馬場三郎左衛門は放逐される。

「躬の邪魔をするか」

場合によっては家光の怒りを買い、切腹、改易にもなる。

出世を後押ししてくれた恩人といえども、命に代えてまで守ろうとはしない。松平伊豆守の意見は正しい。

「上様が土井大炊頭を貶《おとし》めたいとお考えなのだ。我らはそれに従えばいい」

「それで天下の政が後手に回れば、上様のご評判に響くぞ。上様を暗愚と呼ばせてもよいのか」

「大事ない。我らがお支え申せば、上様こそ、天晴《あっぱれ》名君と讃《たた》えられる」

松平伊豆守が堂々と述べた。

「……好きにしろ」

手の施しようがないと阿部豊後守が席を立った。

三

家へ寄ることもせず、国元から急いで戻ってきた田中正太郎の話に、弦ノ丞は嘆息した。

「国元からの助けは、横目付だけか」

「申しわけございませぬ」

田中正太郎が謝罪した。

「いや、おぬしのせいではない。気にするな。いや、なにより早く報せを持ち帰ってくれた。ご苦労であった」

弦ノ丞が田中正太郎をねぎらった。

「斎どのよ、大久保屋に飼われている者は動くか」

「大久保屋は動かそうとすまい。誰かわからぬままにできれば、我らは疑心暗鬼に陥る。そうなれば、またも大久保屋の手で踊らされることになる」

志賀一蔵の疑問に弦ノ丞が答えた。

「伊豆守さまのご要望はいかがなさる。大久保屋の目を気にするならば、しばらく動けぬこととなりますぞ」

「……それなのだがなあ」

方針を尋ねた志賀一蔵を横目に、弦ノ丞は悩んだ。

「末次さまのお調べ待ちか」

「古い長崎の商家に問うてみるというのはいかがでござろうか」

田中正太郎が提案した。

「古くからある長崎の商家か。たしかに先代の末次平蔵を知っている者も多かろうが……下手に訊けば、不審を招くことにならぬかとの懸念がある」

弦ノ丞がやぶ蛇にならないかと危惧した。

「しばし、受け身になるしかない」

今できることはないと弦ノ丞が判断した。

「では……」

「真面目に辻番の役目を果たそうぞ」

確かめた田中正太郎に弦ノ丞が告げた。

大久保屋藤左衛門《とうざえもん》は店の船で博多へと向かっていた。

「わたくしがいなければ、誰が手のものか調べることはできまい」

風を受けながら大久保屋が笑った。

「若造と甘く見過ぎましたかねえ」

大久保屋が口の端を吊りあげた。

「足助《あすけ》、斎でしたかねえ、平戸藩松浦家の辻番頭《つじばんがしら》は」

「へい」

一歩引いたところで控えていた手代風の若い男が首肯した。

「どんな経歴だい」

「江戸定府《じょうふ》の家柄で家格は目見え以上ではありますが、徒身分《かち》」

「馬にも乗れませんか」

聞いた大久保屋が鼻で笑った。

「松倉と寺沢の争いに巻きこまれかけた主家を二度にわたって救った功績で、馬廻《うままわ》りとなり騎乗身分へ出世、江戸家老滝川大膳の姪《めい》を嫁に迎えておりまする」

「ほう、なかなか出頭人《しゅっとうにん》ではないですか」

出頭人とは人並み以上の立身出世を遂げ、藩主や家老から目をかけられている者のことを言う。

「その出頭人がなぜ長崎に」

大久保屋が首をかしげた。

すでに江戸が天下の中心となっている。国元よりも江戸に優秀な人材は集められるのが普通であった。

「松倉家の牢人《ろうにん》たちともめたときに、配下ではなく藩を優先したことで、配下たちの反感を買って、ほとぼりを冷ますために国元へ戻されたようでございまする」

「ほう、それは」

大久保屋の目がすがめられた。

「やはり、武士は馬鹿ですねえ。家が潰れれば、皆牢人になるということに気づいていない」

「……………」

「その話はまちがいないのだね」

「へい、国元の筒川《つつかわ》さまからお伺いいたしましたので」

足助が保証した。

「筒川さまか。中老だったかね」

「さようで」

「なら、まちがいないか」

肯定した足助に大久保屋が表情を引き締めた。

「やったことはまちがえていませんが、ちょっと頭が硬すぎますね」

大久保屋が嘆息した。

「平戸沖の商いが主になりましょうが、長崎で動かないわけにもいきません。長崎で南蛮船や明船との取引がないのに、唐物を博多や大坂へ持ちこんでいては疑われます」

「たしかに」

足助が同意した。

「商売人というのは、他人《ひと》が儲《もう》けているのを見るのが嫌いです。その儲けに食いこみたい、できれば乗っ取りたいと思うのが普通。そいつらに疑いを持たせては、御上へ密訴されかねません。英吉利《イギリス》との取引は大きな利を生むでしょう。それが当然だと思えるくらいに長崎でも商いをしなければならない。そのときに長崎辻番というのは、いい道具になってくれます」

「はい」

大久保屋の話に足助が合いの手を入れた。

「長崎辻番がいつどこを巡回するか、巡回から外れているところはどこかとわかるだけでも大きい」

「それくらいならば、入りこませている者でもいけましょう」

足助が問題ないのではと言った。

「獅子身中《しししんちゅう》の虫がいるとわかっていて、なにもしないと」

「……申しわけございません」

じろりと睨まれた足助が頭を下げた。

「おまえはまだ婿の候補でしかない。他にも候補がいることを忘れるな」

「肝に銘じまする」

足助がより頭《こうべ》を垂れた。

「もう、浪平《なみへい》には近づくな。三カ月ほどばれなければ、また使えるかも知れぬ」

「承知いたしましてございまする」

「……あとな」

うなずいた足助に大久保屋が声を小さくした。

「博多で人を手配しなさい」

「どのような者を用意いたしましょう」

指示に足助が詳細を問うた。

「牢人は長崎で嫌われているからねえ」

金がなく、島原の乱の影響で幕府から睨まれている牢人は、長崎にとって邪魔者でしかなかった。

「人足で肚《はら》と力のある者がいいね」

「肚と力のある者……」

なんのためか気づいた足助が顔色を変えた。

「そうだねえ、辻番を片付けるとなれば、多めに欲しいね。五人以上。不足している人足なら長崎へ新たに入ってきてもおかしくないだろう」

出島ができたことで長崎の取引は激増している。オランダ人、明人から買い付けたものを運ぶ、売りつけたものを納品するなど、人足の需要は高い。賃金が他よりもあがったことで、九州のあちこちから仕事を求める者が集まってきていた。

「金はどのていど」

人殺しをさせるとなれば、相応の金が要る。足助がどこまで出していいかを尋ねてきた。

「おまえが交渉してみなさい」

冷たく大久保屋が突き放した。

「うまくこなせれば、おまえに娘を嫁がせてもいい」

「……お任せを」

足助が腹を据えた。

座西五郎は三人の仲間を得て、島原から長崎へと向かった。

「本当に金になるんだな」

「なるとも」

仲間の牢人に問われた座西五郎が自信満々にうなずいた。

「平戸の和蘭陀商館が閉じられたことで、長崎にしか南蛮船は入ってこなくなった。おかげで長崎は交易の利に浮かれている。適当に選んだ商人でも懐に十両や二十両持っている」

「二十両……そいつはすごい」

「五人ほど狩れば、百両は手に入る」

驚愕《きょうがく》する仲間の牢人に座西五郎が言った。

一日人足仕事をして二百文ほどが精一杯である。一両は四千文にあたる。一両で二十日、百両となれば二千日の働きになった。

「それだけあれば、新田を拓《ひら》かずともすむ。土地をくれると言いながら、あんな山奥では喰《く》うこともできまい。それが百両だと」

「博多で贅沢三昧《ぜいたくざんまい》できる」

牢人たちが興奮した。

「ただ、一つ面倒がある」

座西五郎が述べた。

「……なんだ」

さんざん運命に翻弄されてきたのだ。牢人が警戒した。

「平戸藩松浦家の者が、長崎辻番をしておる。こやつらが長崎の町を巡回して、我らの手出しを邪魔しおる」

眉間にしわを寄せて、座西五郎が吐き捨てた。

「松浦か」

「なにほどのものがある。あやつらは島原の乱でも戦いではなく、日見と茂木《もぎ》の警固をしただけ」

松浦家は島原の乱のおり、後詰めとして長崎への出入り口である日見、茂木の守衛を担当し、原城での決戦には参加していなかった。

「吾《われ》は一揆《いっき》勢の百姓を五人斬ったぞ」

牢人たちが口々に言った。

「道場剣術なんぞ、敵ではない。そうだの」

「おうよ」

「ものの数でもないわ」

座西五郎の煽《あお》りに牢人たちが乗った。

待つというのは辛《つら》いものである。

弦ノ丞たちは、内部に敵を抱えながら、長崎辻番としてのお役目に励んでいた。

「ただいま戻りましてござる」

田中正太郎が二人の配下と小者を連れての巡回から帰ってきた。

「ご苦労でござった」

「なにもございませぬ」

ねぎらう弦ノ丞に田中正太郎が報告した。

「では、わたくしが」

交代として志賀一蔵の組が出ていった。

「お白湯《さゆ》を」

弦ノ丞の組に配されている小者が、帰ってきた者と弦ノ丞に白湯を用意した。

「すまぬの」

「いただこう」

弦ノ丞と田中正太郎が湯飲みを受け取った。

「…………」

白湯を出した小者が、お代わりに応じるために本堂の隅で控えた。

「いかがでござった」

「牢人も減りましたな。なにより、我らの姿を見ると逃げ出しまする」

弦ノ丞の曖昧な問いに田中正太郎が語った。

「逃げた者は……」

「そのままでございまする。追うだけの理由もございませぬ」

「お手配でなければ、そうでございますな。辻番の役目は、抑止」

田中正太郎の対処を弦ノ丞は認めた。

もともと江戸に横行していた辻斬り、放火、強盗などを警戒するために辻番は設けられた。大名辻番は、己の屋敷の周囲だけに責任を持ち、それ以外のところでなにかあっても手出しはできない決まりであった。また、手配書にのせられている下手人や盗人を見つけても捕縛は幕府江戸町奉行所の役目であり、辻番はどこにそやつがいたかを届けるだけで、捕縛などはおこなわない。

「我らの領分に口出しするか」

江戸の治安の責任者は江戸町奉行であり、もし、松浦家の辻番がお手配の下手人を捕まえたりすれば、町奉行所の面目を潰すことになる。

外様の小藩が幕府役人の機嫌を損ねるのは都合が悪かった。

「日に何度も巡回すれば、不逞《ふてい》の輩《やから》もおとなしくなりましょう」

田中正太郎がうなずいた。

抑止とはいえ、目の前で罪がおこなわれていたら、さすがに手出しせざるを得ない。なにより、悪さをしようという者は他人目《ひとめ》を怖れる。

「さて、では拙者も出るといたす。後を預ける」

「承知仕った」

辻番頭だからと本堂に腰を落ちつけているわけにはいかなかった。

「行くぞ」

「はっ」

山門ですでに集合している配下のもとに弦ノ丞と白湯を出した小者が合流した。

「本日は馬町から町へ下りるように廻る」

巡回路は当日、組頭が告げる形に変えていた。

馬町は陸路長崎への出入り街道の口にあたる。それだけに人通りも多く、もめ事もよく起こった。

馬町へは寺町から、長崎の外町沿いを登るように進む。

「おい、あれ」

「平戸の松浦さまだ」

馬町に近づいたあたりで、弦ノ丞たちの姿を見た長崎町人がひそひそと話をした。

「鬼のようなと聞いていたが、普通じゃの」

町人が拍子抜けしたという顔をした。

「台座を確かめよ」

町人を気にせず弦ノ丞が小者に命じた。

「へい」

　小者が素早く動いて、街道脇に設けられている晒《さら》し首台の確認を始めた。

「問題ございませぬ」

　上下左右に動かして緩みがないかとか、どこかにいたずらがされていないかを見て、小者が手をあげた。

「ご苦労」

　弦ノ丞がうなずいた。

　ここは弦ノ丞たちを襲った牢人たちの首を晒した場所であった。

「見せしめに良かろう」

　馬場三郎左衛門の言葉で、そのままこの晒し首台は、長崎辻番が使用することになり、その保守点検も役目の一つであった。

「やはり……あの辻番なんだ」

「くわばら、くわばら」

　町人たちが震えた。

「よし、参るぞ」

　弦ノ丞が配下を連れて内町へと坂を下った。

四

馬場三郎左衛門はすでに長崎でおこなわれている暗闘に気づいていた。

「余が長崎を離れてからにしてもらいたかったわ」

ため息を吐きながら馬場三郎左衛門が愚痴をもらした。

「今さら、大炊頭さまを追い落としてどうするというのだ。原城での戦いに勝利し、一揆勢を根絶やしにしたばかりだぞ。放逐された英吉利が黙っているとも思えぬし、葡萄牙《ポルトガル》、西班牙《イスパニア》もいつ戻ってくるかわからぬ」

馬場三郎左衛門はキリシタン禁令に伴って、日本との付き合いを拒まれた南蛮の諸国が、布教と交易をあきらめたとは思っていなかった。

「名分も与えてしまった」

己も参加していたが、馬場三郎左衛門は島原の乱をキリシタン一揆とすることがまずいと思っていた。

「伊豆守あたりの入れ知恵だろうが、どう見てもあの一揆は松倉の圧政が原因だ。そして、その松倉の圧政を認めたのは上様」

馬場三郎左衛門は首を横に振った。

島原藩主松倉勝家は、家光の機嫌を取るため、海外遠征することをそそのかした。

「神君さまでさえできなかった異国を従える」

この誘惑は家光をその気にさせた。

「まずは、わたくしがルソンへ兵を出し、上様をお迎えできるように用意をいたしまする」

松倉勝家は、そう阿《おもね》った。そして、上様のおためと称して領内に重税を課した。

「死ねと言うか」

これに百姓が立った。要はキリシタンが弾圧に耐えかねて蜂起したのではないのだ。それを松平伊豆守がキリシタン一揆にすり替えた。結果、天下万民は、キリシタンの教えを怖ろしいもの、それを信じれば幕府から咎めを受け、殺されることになると思いこんだ。

「…………」

立ちあがった馬場三郎左衛門が、書院の袋戸棚を開き、そこから状箱を取り出した。

「万一のことを思って取っておいたが……処分すべきだな」

馬場三郎左衛門が状箱のなかから一握りの書状を取り出した。

「これを伊豆守に売って、より出世をとも考えたが、それは危ないな。執政の悪事の裏を知る者は長生きできぬ」

長崎という面倒な地を預けられるだけの実力はある。馬場三郎左衛門は政の闇をよく知っていた。

「かといって燃やしてしまうのもなあ」

馬場三郎左衛門が嘆息した。

燃やしてしまえばすむというものではないのが、こういった権力者の醜聞であった。

「なんとしても探し出して、手に入れよ」

「どれだけの費用がかかってもよい。破棄せよ」

醜聞を利用したい者は手に入れようとするし、醜聞の当人あるいは利害関係者は、実際に破棄したという証を確認したがる。

「拙者が燃やしましてござる」

そう馬場三郎左衛門が言ったところで、誰も信用しない。

「まさか、燃やした灰を送りつけるわけにもいかぬしの」

馬場三郎左衛門は困った。

「そなたは読んだのであろう」

もし、馬場三郎左衛門が処分したと知られれば、土井大炊頭、松平伊豆守の両方から狙われることになる。

「知った以上は死んでもらう」

「わかっていることを話せ」

権力者という者は度しがたい。

「命を狙われるだけじゃの」

馬場三郎左衛門が苦笑した。

「持っていても毒、捨てても毒……ならば、誰かに押しつけるが吉か」

瞑目《めいもく》した馬場三郎左衛門が決断した。


長崎には商店がひしめき合っている。

オランダや明から入ってくる唐物を扱う店はもちろん、米屋、酒屋、古着屋など生活に欠かせない商店も多い。

「邪魔をする」

小さな薬種商の店に、旅姿の武士が訪れた。

「いらっしゃいませ。なにかご入り用で」

店の奥で薬研《やげん》を使っていた店主が手を止めた。

「水車《みずぐるま》はあるか」

「……いくつご入り用で」

一瞬目を大きくした店主が問うた。

「六つ」

「しばしお待ちを」

店主が腰をあげて、店の大戸を閉めた。

「よいのか、昼から店を閉めて。おかしく思われては困るぞ」

武士が懸念を表した。

「大事ございませぬ。薬草の買い付けなどで、ときどき店を閉めておりますれば」

店主が大丈夫だと返した。

「ならばよい」

「どうぞ、お上がりを」

納得した武士を、店主が奥へ案内した。

「お初にお目にかかりまする。当麻屋天兵衛《たいまやてんべえ》にございまする」

「お馬廻り加東重三郎《かとうじゆうざぶろう》である」

互いに名乗り合った。

「なにをいたせば」

無駄な話はせず、当麻屋天兵衛が訊いた。

「御下知である」

厳粛な声を加東重三郎と名乗った武士が出した。

「ははっ」

当麻屋天兵衛が平伏した。

「長崎奉行馬場三郎左衛門の手にあると思われる先代の末次平蔵の遺した書付を破却せよ」

「……承りましてございまする」

命を当麻屋天兵衛が受けた。

「一つお伺いをいたしまする。奪取ではなく破却でよろしゅうございまするな」

当麻屋天兵衛の口調が変わった。

「この世から消し去れとのお望みである」

「はい」

答えた加東重三郎に当麻屋天兵衛が首肯した。

「では、拙者はこれで去る」

「お戻りでございまするか」

「いや、後詰めとして長崎に留《とど》まる」

加東重三郎が尋ねた当麻屋天兵衛に告げた。

「どちらに」

「油屋町《あぶらやまち》の旅籠《はたご》、魚屋じゃ。拙者は岡山藩士加賀三郎と名乗っておる。まちがえてくれるなよ」

質問に加東重三郎が答えた。

「岡山の加賀さまでございますな。気を付けまする」

当麻屋天兵衛が応じた。

巡回の列は、物見代わりの小者、番士二人、弦ノ丞、そして荷物持ちの小者としている。

「前方、喧嘩のようでございまする」

物見には目のいいことが求められる。湊《みなと》に近づいたところで先頭の小者が声をあげた。

「行けっ」

「はっ」

「ただちに」

弦ノ丞が手を振り、番士二人が駆けだした。

「我らもいくぞ、浪平」

喧噪《けんそう》の場だけでなく周囲も俯瞰《ふかん》した弦ノ丞が、異常なしと判断して荷物持ちの小者へ声をかけて、走り出した。

「はい」

浪平と呼ばれた小者が従った。

荷揚げ人足が十人ほど殴り合っているところに、先行した辻番二人が割って入った。

「鎮まれ、鎮まれ」

「邪魔するねえ」

「どきやがれっ」

人足たちが二人の辻番に怒鳴った。

「長崎奉行配下の辻番である。鎮まらぬか」

身分を明らかにして、もう一度沈静を命じるが、そのていどで収まらないのが人足であった。

「辻番がどうした」

人足が辻番に殴りかかった。

「……馬鹿者が」

国元から派遣された辻番は、一応武術の遣い手から選ばれている。

法も理《ことわり》もない人足の拳など喰らうはずもない。辻番がその手を摑《つか》んでひねりあげた。

「痛《い》てえ」

首を獲《と》るために敵を取り押さえる小具足術で、肩の関節を決められてはたまったものではない。人足が悲鳴をあげた。

「こいつっ」

喧嘩していた相手を無視して、仲間の人足が辻番へ体当たりをした。

「…………」

「ぎゃあああ」

戦場で鍛えられてきたのが小具足術である。素手で相手を取り押さえているとき、別の敵から襲われることなど想定している。

飛びつこうとした人足の股間に、辻番が蹴りを放った。

「……ちい、誰か、詰め所へ戻って応援を呼んでこい」

「おう」

二人を無力化された人足の頭らしいのが配下に命じ、それを受けて一人が走った。

「鎮まれ、鎮まれ。これ以上抗《あらが》うとあれば、斬り捨てる」

弦ノ丞が大声で制した。

「抜刀いたせ」

「承知。ぬん」

捕まえていた人足の関節を外して辻番が太刀《たち》を抜いた。

「はっ」

相手方を牽制《けんせい》していたもう一人の辻番も手に太刀を持った。

「…………」

白刃のきらめきは人を恐怖に落とす。殴り合いとか、薪雑把《まきざっぱ》を使っての争いごととは話が違ってくる。拳がかすっても怪我《けが》はまずしないし、薪雑把が当たったところで骨が折れるくらいですむ。

しかし、白刃は違った。

まともに喰らえば即死する。かすっただけでも大怪我になる。血脈に触れれば、まず助からない。

よほどの馬鹿でもないかぎり、刀を抜いた武士と戦う者はいなかった。

「わかった」

「……落ち着け」

辻番に殴りかかった人足と対峙《たいじ》していた集団が、引いた。

「そっちはどうするのだ」

弦ノ丞がまだ抵抗している人足たちに問うた。

「うるせい。すぐに仲間たちが来て、おまえたちなんぞ……」

人足頭がわめいたが、さすがに刀を構えている辻番から離れている。

「……話を聞かせよ」

人足頭の相手をあきらめて、弦ノ丞がおとなしくなった人足に問うた。

「船の順番をこいつらが勝手に変えようとしやがったんで」

おとなしくなった人足の代表が告げた。

「ふむ。おまえたちはどこの人足だ」

「花房屋《はなぶさ》で」

弦ノ丞の問いに人足の代表が答えた。

「花房屋というと、島原町《しまばらまち》の材木屋か」

「さようで」

確かめた弦ノ丞に人足の代表がうなずいた。

商家の出店が増えている長崎は、普請の槌音《つちおと》が絶えない。当然、材木は不足していた。

「あの者どもは」

「佐賀藩のお抱え人足だそうでござんすが、よく知りやせん」

訊かれた人足の代表が首を横に振った。

「そうか。今回は怪我人もたいしたことはなさそうゆえ、これ以上は言わぬが、あまり面倒を起こすな」

「へい。ありがとうございやす。おい、荷揚げするぞ」

人足の代表が一礼して、配下を連れて船着き場へと向かっていった。

「弓助《ゆみすけ》、奉行所へ行き、どなたかお見えいただけ」

「はい」

物見役の小者が走っていった。

「………」

佐賀藩のお抱え人足だろうと言われた連中も、さすがに長崎奉行から辻番を預けられている弦ノ丞に無体は仕掛けられないのか、身構えはしているものの先ほどまでの勢いはなくなっていた。

「さて……」

喧嘩の片方との話は終えた。弦ノ丞は佐賀藩のお抱え人足のほうへと歩み寄った。

「長崎辻番頭の斎である。神妙にいたせ」

「………」

さすがに堂々と名乗りをあげられてしまうと無茶はできないのか、弦ノ丞から人足たちが目をそらした。

「事情を調べる。奉行所まで付いて参れ」

「それは……」

弦ノ丞の指示に人足頭がたじろいだ。

長崎奉行は、長崎の治安、交易の管理、異国船への対応の他に、九州の大名たちを監察するという役目を持つ。

佐賀藩という名前は長崎奉行には通じなかった。

「待て、待て、待て」

そこへ二人の武士と五人の人足が駆けつけた。

「佐賀藩長崎警固役肝煎《きもいり》副役の灘辰真《なだたつま》である」

壮年の武士が弦ノ丞の前に立ちはだかった。

「長崎辻番頭斎じゃ。この者たちは騒動を起こしたゆえ、長崎奉行所へ連行いたす。同道は拒まぬが、任の邪魔をするというならば、貴藩へ抗議をいたすことになる」

「むっ」

灘辰真と言った佐賀藩士が眉間にしわを寄せた。

「貴殿は平戸の」

「いかにも」

「聞けば、平戸藩松浦家も長崎警固に当たられるとのこと。いかがでござろう。今後の誼《よしみ》ということで、本日のところは注意だけで終わらせていただければ」

長崎奉行所で話をしようという弦ノ丞に、灘辰真が提案した。

口調は穏やかだが、そのじつは脅していた。ここで引かなければ、平戸藩松浦家が長崎警固になったとき、足を引っ張るぞと言っているのだ。

「残念だが、それはならぬ」

弦ノ丞が首を左右に振って、拒絶した。

「すでに奉行所へ報せの者をやった」

「なんだと……」

告げた弦ノ丞に灘辰真が絶句した。

「辻番と名乗りをあげた後もかかって参った。これは御上に対する謀叛《むほん》も同然」

「そこまでのものではなかろう。長崎辻番など御上の役目ではない。長崎奉行馬場三郎左衛門さまより委託されただけのもの」

灘辰真が反論した。

もし、人足たちの行動が謀叛となれば、抱えている佐賀藩鍋島家にも咎めは及ぶ。灘辰真は弦ノ丞の話を否定した。

「ゆえに馬場さまにご判断いただく」

「……………」

こっちで勝手に決めるわけにはいかないと言った弦ノ丞に灘辰真が黙った。

無言のまま、灘辰真が同道してきた同僚に目くばせをした。

「警戒せよ」

それに気づいた弦ノ丞が、配下に警告を発した。

「斎どのであったか」

「いかにも」

灘辰真が弦ノ丞へ話しかけた。

「その者たちでござるが、当家とはかかわりはございませぬ。奉行所へお引き渡しになられるがよろしかろうと存ずる」

「……なんと」

「では、我らはこれで。戻るぞ」

さっと踵《きびす》を返して灘辰真が藩士と追加で来た人足に命じた。

「灘さま……」

人足頭が呆然《ぼうぜん》とした顔をした。

「…………」

そのまま歩き出そうとした灘辰真に、

「あまりな」

人足頭がすがりつこうとした。

「当家の名前を騙《かた》るなど論外であるうえに、無礼を働くか」

怒鳴りつけながら、灘辰真が人足頭を抜き打ちに斬り伏せた。

「がっ」

一撃で人足頭が地に伏した。

「無礼討ちでござる」

った。

「…………」

そう宣した灘辰真に弦ノ丞はなにも言えなかった。

個人の無礼討ちはまず認められなかった。だが、藩の名前を騙ったとなれば話は変わった。

状況からどう考えてもおかしいが、藩の名前を騙ったとなれば重罪、さらにすがろうと身体《からだ》に触れたのも、見方によっては襲いかかったと言える。

「お見廻りご苦労でござる。が、出過ぎたまねは……これにて御免」

呆然となった弦ノ丞に冷たい台詞《せりふ》を残して、灘辰真たちが去っていった。

「……斎さま」

「とにかく馬場さまへご報告じゃ」

配下の声に弦ノ丞が吾に返った。

「佐賀と敵対したか。これではますます馬場さまと強く結びつかねばならぬな」

弦ノ丞がため息を吐いた。

長崎奉行と長崎代官は、その管轄が重なることもあり、ほぼ毎日顔を合わせていた。

もっとも、打ち合わせやすり合わせというより、長崎代官が長崎奉行へご機嫌伺いするだけのものであった。

「ご機嫌麗しゅうございまする」

「うむ、そなたも息災のようでなによりじゃ。なにか外町で問題はあるか」

「いえ、ご威光をもちまして、平穏無事でございまする」

「重畳である」

決まりきった遣《や》り取《と》りであった。

「お奉行さまからはなにか」

「ああ、これをな」

尋ねた末次平蔵に馬場三郎左衛門が書付の束を渡した。

「これは……」

少し古びて色あせかけた書付に、末次平蔵が怪訝《けげん》な顔をした。

「引き継ぎ忘れていたものじゃ。持ち帰り、精査するがよい」

馬場三郎左衛門が淡々と告げた。

解説

三田主水

『辻番奮闘記』が、約二年ぶりに帰ってきました。斎弦ノ丞《いつきげんのじょう》と辻番たちの長崎での奮闘が、いよいよこの第四作から本格的に始まることになります。

さて、昨二〇二一年は、作者にとって一つの節目の年だったといえます。二〇〇一年に『将軍家見聞役元八郎《げんぱちろう》』の第一作『竜門の衛《りゅうもんのえい》』（徳間書店）で長編デビューを飾ってから二十周年――常に歴史時代小説界のトップランナーであった作者ですが、二〇二一年は単独シリーズとしては最長となった『百万石の留守居役』（講談社）が完結。さらに同一主人公としては最長の水城聡四郎《みずきそうしろう》ものの最終シリーズと銘打って『惣目付臨検仕る《そうめつけりんけんつかまつる》』（光文社）がスタートと、大きな動きがありました。

これはあくまでも私の独自の分類ですが、作者の活動期間は、次のように考えられるのではないでしょうか。

●第一期（二〇〇一～二〇〇五年）：『竜門の衛』発表から『将軍家見聞役元八郎』の完

結、水城聡四郎ものの第一シリーズ『勘定吟味役異聞《かんじようぎんみやくいぶん》』（光文社）のスタートまでの初期

●第二期（二〇〇六～二〇一一年）：『勘定吟味役異聞』等の初期シリーズが完結し、『奥右筆秘帳《おくゆうひつひちよう》』（講談社）がスタート、歴史小説の発表も本格化する発展期

●第三期（二〇一二～二〇一九年）：『奥右筆秘帳』完結と『御広敷用人《おひろしきようにん》 大奥記録』（光文社）、『百万石の留守居役』（講談社）、『禁裏付雅帳《きんりづきみやびちよう》』（徳間書店）等が次々とスタートし、ほぼ月刊ペースで作品が刊行されたブレイク期

●第四期（二〇二〇年～）：現在

このように現在は新たなフェーズの始まりにあります。『百万石の留守居役』『禁裏付雅帳』をはじめ、第三期を彩ったシリーズの多くが完結した一方で、新たにスタートした『勘定侍 柳生《やぎゆう》真剣勝負』（小学館）、『高家表裏譚《こうけひようりたん》』（ＫＡＤＯＫＡＷＡ）と並び、本シリーズもまた、上田秀人の新たな時代の一角を担うものであることは言うまでもありません。

前置きが少々長くなりましたが、まず本シリーズ全体についておさらいしましょう。島原の乱により幕府の目が九州に向き、悪化した江戸の治安を立て直すため、そして外様大名への締め付けを強める幕府へのポイント稼ぎのため、平戸松浦《まつら》藩は辻番、つまり

自警のための見張り番所を強化することを決定——剣の腕前を買われてその一人に選ばれた主人公・斎弦ノ丞は、そこでまったく予想もしなかった危急の際《きわ》に立たされることになります。島原の乱のきっかけとなった寺沢家と松倉家が責任転嫁のために引き起こした騒乱事件、そして老中・松平伊豆守《まつだいらいずのかみ》屋敷に御成《おなり》する途中の将軍家光に対する松倉牢人《ろうにん》の襲撃事件――一歩間違えれば松浦家を巻き込みかねなかったこれらの事件の影響を最小限に抑えた弦ノ丞は、その活躍を認められ、江戸家老の姪《めい》を妻に迎えて出世することになります。しかし御成時の騒動で事件収拾を最優先して部下たちの反発を招いたこともあり、彼は役目を退いて国元に戻されることとなるのでした。

折しも、平戸のオランダ商館が長崎の出島に移転させられた上、新たに長崎警固の助役という負担を命じられる状況にあった松浦家。その下調べのため、かつて江戸でともに辻番を務めた田中正太郎と志賀一蔵らと長崎に向かった弦ノ丞ですが、そこでも騒動に巻き込まれた末、長崎奉行・馬場三郎左衛門から、なんと長崎辻番を命じられることになります。何とか辻番として形を整えた弦ノ丞たちですが、複雑極まりない長崎の状況には戸惑うことばかりで……

こうした流れを受け、本作より本格始動することとなった長崎辻番。江戸の辻番の担当は自家の周囲のみだったものが、この長崎辻番の受け持ちは長崎奉行が支配する長崎の内町全体――長崎代官・末次平蔵《すえつぐへいぞう》が担当する長崎外町は管轄外とはいえども、相当な負担であることは間違いありません。しかも当時の長崎は、ただでさえ出島の設置によって急速に町が発展したところに、島原の乱でキリシタンへの締め付けが激化した結果、日本脱出を試みる者、あるいは幕府への怨念を抱く者が流入し、いつ火がついてもおかしくない煙硝蔵のような状況なのです。そんな中で乏しい人員と予算をやりくりしつつ、悪戦苦闘する弦ノ丞ですが、そこにさらなる難題が彼に降りかかることになります。

本作から十数年前の寛永五年（一六二八年）、台湾（タイオワン）を占領していたオランダと先代の末次平蔵が貿易の権益を巡って衝突し、その果てに平蔵の配下が台湾行政府長官を人質にして長崎に連れ帰るという事態が勃発。これを収めるためにオランダ側の特使が派遣されたのですが――ここで紛争が家光の耳に入り貿易に影響が出ることを怖《おそ》れた平蔵と先代平戸藩主・松浦隆信《たかのぶ》は、こともあろうに「台湾でのオランダの拠点・ゼーランディア城を将軍に譲れば許す」という内容の返書を偽造して提示することになります。この偽書はすぐに見破られ、平蔵は捕らえられた末に獄死、松浦家には表向きお咎《とが》めはないまま事件は終結したのですが――いかにも不自然なこの結末の背後に、宿敵である大老・土井大炊頭《どいおおいのかみ》の存在を察知した松平伊豆守は、大炊頭が隠し交易に関わってきた証《あかし》を探し出せと松浦家に命令。そしてそれが長崎の弦ノ丞への新たな秘命として下されることになったのです。

ここで注目すべきは、現代では台湾事件と呼ばれるこの「タイオワンの一件」という、題材選びの妙でしょう。外交的には大変な不祥事の連続でありながら、その影響は小さく、従って現代ではあまり知られていないこの台湾事件。しかしこれほどの大事に関与しながら松浦家がお咎めなしというのは、本シリーズで繰り返し描かれてきた幕府の外様大名家への締め付けを思えば不可解というほかありません。これに対し、本作では幕閣の関与を疑うわけですが、実は、これは全くのフィクションではないのです。

当時の平戸オランダ商館員クーンラート・クラーメルは、このような記録を残しています。平蔵は「(前略)閣老、平戸侯、有馬侯、その他大勢の高官を糾弾しつつ告白をはじめた。(中略)彼らは平蔵を、発狂したという理由で牢獄に幽閉させた。しかし大方の観測では、この処置は、彼らの一味が疑いをうけたり、これにより将軍のもとで面倒が起こったりしないためである。将軍は閣老が貿易に少しでも介入したり、従事したりしてはならないと厳しく禁じているにもかかわらず、故平蔵のところで行なわれていたように、年々これがひそかに行なわれているからである」(永積洋子《ながづみようこ》『朱印船』吉川弘文館)と。もちろんこれは一種の風説ですが、しかし実際に当時の幕閣が様々な形で海外との取引に関与していたことは、同時代の様々な記録に示されています。事実は小説より奇なり――松浦家と長崎、そして鎖国政策下での幕政の闇を繫《つな》ぐこの事件を物語の軸に据えたのは、炯眼《けいがん》というほかありません。

　そもそも本シリーズの面白さは、辻番という町の見張り役にすぎない役目の主人公が、外様大名と外様大名、幕府と外様大名、さらには幕府内部の力学──言い換えれば「政治」に巻き込まれ、その最前線として奮闘することで、逆にその政治に影響を及ぼしていくという一種のダイナミズムにあります。そこでさらに台湾事件を題材にすることによって、そのダイナミズムはより大きく、激しいものになったといえるでしょう。そしてそれは、海外と国内のコンフリクトが地方に、いや、その最前線で働く人間一人ひとりまで直接影響を及ぼすこととなった──すなわち、誰もが「政治」とは無縁ではいられないことを自覚させられた、昨年から今年にかけての状況に重なるものがあるとすら感じます。

　本作は、こうしたダイナミズムを描くと同時に、そんな地方の最前線で奮闘する弦ノ丞の成長を描く物語でもあります。おそらくは、これまで作者の作品の主人公となった中でも（牢人ものを除けば）最も身分が低い弦ノ丞。しかしそれでも、時に周囲の人々の力を借りつつ──折りに触れて描かれる、先輩の田中・志賀の指導を受ける姿が実に微笑《ほほえ》ましい一方で、二人の上司になってしまった気苦労もまた印象的です──懸命に己のなすべきことを果たし、困難な今を生き延びようと努める弦ノ丞の姿は、今を生きる我々にとって、一つの希望とも手本とも感じられるのです。

冒頭で、現在が作者にとって新たなフェーズの始まりにあると述べました。それでは、この新しいフェーズでは何が描かれるのでしょうか？　それは「個人」の有り様、生き方の多様性にあるのではないかと私は感じます。例えば商家から突然武家の一員に迎えられた者（『勘定侍　柳生真剣勝負』）、高家の嫡男として若くして政争に直面した者（『高家表裏譚』）、そして辻番の身でありながら外様大名の生存闘争に放り込まれた者――こうした、これまでの上田作品には、いや他のどんな作家の作品にもなかったような主人公たちの姿を通じた全く新たな物語、今という時代を反映した物語が、これから描かれるのではないかと期待している次第です。

もっとも、弦ノ丞の前途は相変わらず多難です。少しの落ち度も許さぬ松平伊豆守の厳しい目、どこか得体の知れない馬場三郎左衛門の動き、さらには辻番を都合よく操ろうとする商人や、江戸での弦ノ丞の活躍に恨みを持つ松倉牢人たち――様々な勢力が蠢《うごめ》く渦中で、はたして弦ノ丞は無事に任を果たし、藩を救うことができるのか。いよいよ佳境に突入した、辻番のこれからの奮闘に期待します。

（みた・もんど　文芸評論家）

本書は、集英社文庫のために書き下ろされた作品です。

集英社文庫

辻番奮闘記《つじばんふんとうき》四 渦《か》　中《ちゅう》

2022年2月25日　第1刷

定価はカバーに表示してあります。

著　者　上田秀人《うえだひでと》

発行者　徳永　真

発行所　株式会社 集英社
東京都千代田区一ツ橋2-5-10　〒101-8050
電話　【編集部】03-3230-6095
【読者係】03-3230-6080
【販売部】03-3230-6393（書店専用）

印　刷　凸版印刷株式会社

製　本　凸版印刷株式会社

フォーマットデザイン　アリヤマデザインストア　　マークデザイン　居山浩二

ISBN978-4-08-744348-6 C0193